Por uma linha telefônica

Do autor:

Um fio de fumaça

Andrea Camilleri

Por uma linha telefônica

Tradução

GIUSEPPE D'ANGELO

MARIA HELENA KÜHNER

BERTRAND BRASIL

Título original: *La concessione del telefono*

Capa: Luciana Mello e Monika Meyer

Editoração: Art Line

2001
Impresso no Brasil
Printed in Brazil

CIP-Brasil. Catalogação-na-fonte
Sindicato Nacional dos Editores de Livros, RJ

C19p Camilleri, Andrea, 1925-
Por uma linha telefônica / Andrea Camilleri; tradução Giuseppe D'Angelo, Maria Helena Kühner. – Rio de Janeiro: Bertrand Brasil, 2001
272p.

Tradução de: La concessione del telefono
ISBN 85-286-0816-6

1. Romance italiano. I. Kühner, Maria Helena, 1938-. II. D'Angelo, Giuseppe. III. Título.

01-0634 CDD - 853
CDU - 850-3

BCD UNIÃO DE EDITORAS S.A.
Av. Rio Branco, 99 – 20º andar – Centro
20.040-004 – Rio de Janeiro – RJ
Tel.: (0xx21) 263-2082 Fax: (0xx21) 263-6112

Dedico este romance a Ruggero,
a Dante e a Ninì: sua falta me pesa cada dia mais.

E que sucessão de desastres se dera na Sicília, a ruína de todas as ilusões, de toda a fervorosa fé com que se havia incendiado a revolta! Pobre ilha, tratada como terra de conquista! Pobres insulares, tratados como bárbaros que era preciso civilizar! E desceram hordas de continentais[1] para civilizá-los: e irrompeu[2] toda uma soldadesca nova, a infame coluna comandada por um renegado, o coronel húngaro Eberhardt, que tinha vindo pela primeira vez à Sicília juntamente com Garibaldi e a seguir colocou-se entre os que nele atirariam em Aspromonte[3], e mais o tal tenentinho savoiardo Dupuy, o incendiário; *e para ali foi despejado todo o lixo da burocracia*; e sobrevieram brigas e duelos e cenas selvagens, e a *Prefettura*[4] do Médici, e os tribunais milita-

---

[1] Os sicilianos e sardos referem-se sempre aos demais italianos como "i continentali" (os do continente), culpando-os dos males que sucedem às ilhas... (N.T.)

[2] O verbo usado foi *calare*, que tem a conotação de invasão bárbara, como a de gafanhotos, que a tudo arrasam. (N.T.)

[3] *Aspromonte* — cadeia montanhosa da Calábria, onde se deu, em 29 de agosto de 1862, a batalha entre as forças regulares do exército italiano e os voluntários de Garibaldi, que nessa ocasião foi ferido e feito prisioneiro. O coronel Eberhardt estava entre os que conseguiram deter as forças de Garibaldi no local. (N.T.)

[4/5] *Prefetto/prefettura*: não existe nada equivalente na administração pública brasileira. Na administração pública italiana é um funcionário público concursado cujo nível é dos mais elevados: é representante em chefe do governo com a função de superintender aos atos administrativos das unidades na província (os muni-

res, e os furtos, e os assassinatos, e os assaltos, tramados e executados pela nova polícia em nome do governo do Rei; e falsificações e subtrações de documentos e processos políticos ignominiosos: todo o primeiro governo da Direita Parlamentar! Depois a Esquerda chegou ao poder, e também com ela leis de exceção para a Sicília; e usurpações e roubos e concessões e favores escandalosos e escandaloso desperdício do dinheiro público; *prefetti*[5], delegados, magistrados colocados a serviço dos deputados ministeriais, despudorado clientelismo e fraudes eleitorais; gastos loucos, subserviências degradantes; a opressão dos vencidos e dos trabalhadores, assistida e protegida pela lei, e garantindo a impunidade aos opressores...

LUIGI PIRANDELLO, *Os velhos e os jovens*

cípios). Dele também depende a ordem pública na província. A Itália é uma república parlamentar dividida administrativamente em 20 regiões, 110 províncias e mais de 8.000 municípios. (N.T.)

Personagens

VITTORIO MARASCIANNO, *Prefetto* de Montelusa
CORRADO PARRINELLO, seu Chefe de Gabinete, depois substituído por
GIACOMO LA FERLITA, irmão de Rosario ("Sasá")
ARRIGO MONTERCHI, Superintendente de Polícia de Montelusa[6]
ANTONIO SPINOSO, Delegado de Segurança Pública de Vigàta[7]
GESUALDO LANZA-TURÓ, Comandante da Seção dos Reais Carabineiros[8] de Vigàta, substituído depois por

---

[6] *Questore*: equivalente ao Superintendente da Polícia Federal no Brasil. É um funcionário público lotado no serviço de polícia das províncias e subordinado diretamente ao *prefetto*. (N.T.)

[7] *Delegato di Pubblica Sicurezza*: oficial da polícia civil subordinado ao *questore*, que não é forçosamente equivalente ao delegado brasileiro: na época, nas localidades menores, tal função era exercida até por um suboficial. (N.T.)

[8] *Carabinieri*: atualmente a quarta força armada italiana, com tarefas de polícia militar, segurança pública e polícia judiciária. Foi criada em 13 de julho de 1814 como "corpo dos reais carabineiros" do Reino da Sardenha. Na Itália é conhecida também como a "Arma Benemérita" pelos serviços prestados ao país. O recrutamento de seus efetivos, além dos requisitos psicofísico-intelectuais, levava em conta igualmente os antecedentes penais do aspirante e de sua família até a terceira geração. (N.T.)

ILARIO LANZA-SCOCCA[9]
PAOLANTONIO LICALZI, Cabo dos Carabineiros Reais de Vigàta
GIUSEPPE SENSALES, Diretor-Geral da Polícia
AMABILE PIRO, Diretor da Corregedoria de Polícia
CARLO ALBERTO DE SAINT-PIERRE, General, Comandante dos Carabineiros Reais na Sicília
ARTIDORO CONIGLIARO, *Subprefetto* de Bivona
GIOVANNI NICOTERA, Ministro do Interior
FELIBERTO SINI, Ministro dos Correios e Telégrafos
IGNAZIO CALTABIANO, Diretor do Escritório Regional dos Correios e Telégrafos em Palermo
AGOSTINO PULITANÒ, Perito[10] do Escritório dos Correios e Telégrafos de Palermo
CATALDO FRISCIA, Diretor do Cadastro de Montelusa
VITTORIO TAMBURELLO, Diretor da Agência de Correios de Vigàta
CALOGERO LONGHITANO ("DON LOLLÒ"), Comendador, pessoa "de respeito"[11]
CALOGERINO LAGANÀ, pessoa de confiança do Comendador
GEGÈ, outra pessoa de confiança do Comendador
ORAZIO RUSOTTO, advogado, irmão de
RINALDO RUSOTTO, advogado
NICOLA ZAMBARDINO, advogado
FILIPPO GENUARDI ("PIPPO"), comerciante, esposo de

---

[9] Sobrenomes típicos da nobreza do Piemonte, toda ela designada por duplo sobrenome. (N.T.)

[10] No original, *Geometra*: equivalente ao perito técnico. É uma das tantas modalidades dos cursos das escolas técnicas que na Itália formam técnicos de nível médio. Trata-se, no caso, de um profissional que, além da medição de terras, também projeta e dirige obras de pequeno porte. (N.T.)

[11] Título honorífico concedido pelo Presidente da República. Às vezes usado também com conotação irônica.

GAETANINA ("TANINÈ"), filha de
EMANUELE SCHILIRÒ("DON NENÈ"), esposo de
CALOGERA LO RE ("LILLINA")
CALOGERO JACONO ("CALUZZÈ FIGUEIRA"), empregado da loja de Filippo Genuardi
ROSARIO LA FERLITA("SASÀ"), contador, ex-amigo de Genuardi
ANGELO GUTTADAURO, amigo de Rosario e Filippo
DOUTOR ZINGARELLA, médico de Vigàta
DON COSIMO PIRROTTA, pároco de Vigàta
SALVATORE SPARAPIANO, atacadista de madeiras
G. NAPPA & G. CUCCURULLO, escritório de advocacia
FILIPPO MANCUSO, pequeno proprietário de terras
MARIANO GIACALONE, pequeno proprietário de terras
GIACOMO GILIBERTO, pequeno proprietário de terras

COISAS ESCRITAS Nº 1

A Sua Excelência Ilustríssima
Vittorio Parascianno
Prefetto *de Montelusa*

Vigàta, 12 de junho de 1891

Excelência,

O abaixo assinado, Filippo Genuardi, filho do falecido Paolo Giacomo e de Edelmira Posacane, nascido em Vigàta (província de Montelusa), no dia 3 do mês de setembro de 1860, e residente nesta cidade, na Rua Dell'Unità d'Italia nº 75, por profissão comerciante de madeiras, deseja tomar conhecimento dos atos necessários para conseguir a concessão de uma linha telefônica para uso privado.

Agradecendo a bondosa atenção que V. Exa. queira dispensar a este pedido,

respeitosamente, seu devoto servidor.

Filippo Genuardi

A Sua Excelência Ilustríssima
Vittorio Parascianno
Prefetto *de Montelusa*

Vigàta, 12 de julho de 1891

Excelência,

O abaixo assinado Filippo Genuardi, filho do falecido Paolo Giacomo e de Edelmira Posacane, nascido em Vigàta (província de Montelusa), no dia 3 do mês de setembro de 1860 e residente nesta cidade na Rua Dell'Unità d'Italia nº 75, por profissão comerciante de madeiras, atreveu-se, na data de 12 de junho de 1891, quer dizer, há exatamente um mês, a submeter à generosidade e à benevolência de Vossa Excelência um pedido de esclarecimento acerca dos procedimentos indispensáveis para conseguir a concessão oficial de uma linha telefônica para uso próprio.

Não tendo recebido, certamente devido a um banal extravio, resposta alguma do Órgão que V. Exa. tão equanimemente dirige, o abaixo assinado vê-se na absoluta necessidade de, humildemente, renovar seu pedido.

Agradecendo a bondosa atenção que V. Exa. queira dispensar a minha solicitação e pedindo mil desculpas pelo incômodo causado a Suas Altas Funções,

respeitosamente, seu devoto servidor.

Filippo Genuardi

A Sua Excelência Ilustríssima
Vittorio Parascianno
Prefetto *de Montelusa*

Vigàta, 12 de agosto de 1891

Excelência Ilustríssima e Reverendíssima!

O abaixo assinado Filippo Genuardi, filho do falecido Paolo Giacomo e de Edelmira Posacane, nascido em Vigàta (província de Montelusa), no dia 3 do mês de setembro de 1860, e residente nesta cidade, na Rua Cavour nº 20, comerciante de madeiras, temerariamente se atreveu, na data de 12 de junho deste ano, quer dizer, há exatamente dois meses, a submeter à imensa generosidade, ampla compreensão e paterna benevolência de Vossa Excelência uma solicitação no sentido de conseguir informações acerca dos procedimentos necessários (documentos, certificados, atestados, testemunhos, depoimentos juramentados) para formular um pedido visando a obter a concessão de uma linha telefônica para uso privado.

Certamente devido a um banal extravio que nem de longe o abaixo assinado pensa em atribuir à Real Administração dos Correios e Telégrafos, não tendo recebido qualquer resposta, viu-se na obrigação de, lamentando-o embora profundamente, voltar a incomodar Vossa Excelência no dia 12 de julho deste ano.

Nem desta segunda vez chegou-lhe a desejada resposta.

Seguro de não merecer o desdenhoso silêncio de Vossa

Excelência, o abaixo assinado, pela terceira vez, prosterna-se, impetrando Sua Augusta Palavra.

Agradecendo sua benévola atenção e pedindo mil desculpas pelo incômodo causado a Suas Altas Funções,

respeitosamente, seu devotíssimo servidor.

Filippo Genuardi

P. S. Como V. Exa. poderá deduzir pela comparação desta minha carta com as duas que a precederam, neste ínterim, minha saudosa Mãe foi chamada pelo Senhor e por isso o abaixo assinado mudou-se para o apartamento dela, que ficou disponível e que se situa na Rua Cavour nº 20.

Ilmo. Sr. Contador
Rosario La Ferlita
Praça Dante, 42
Palermo

Vigàta, 30 de agosto de 1891

Caríssimo Sasà,

Exatamente ontem, quando estávamos no clube, Don Lollò Longhitano por acaso começou a falar (ou melhor, a falar mal) publicamente de você. Afirmou Don Calogero que você, depois de ter perdido no jogo, para seu irmão Nino, a vultosa importância de 2.000 liras, sumiu de circulação. Don Lollò enfatizava ser notório o fato de que as dívidas de jogo têm que ser pagas no prazo de 24 horas, mas que você, até as oito horas de ontem à noite, já acumulava um atraso de duas mil quinhentas e setenta e duas horas. Conhecendo bem o Comendador Calogero Longhitano, de quem não é aconselhável se aproximar quando está com os colhões virados (e ontem à noite estava com eles pegando fogo), permiti-me intervir em nome de nossa velha amizade. Ao fazer isso, sabia o risco que estava correndo, pois contradizer Don Lollò é perigoso e com ele não se pode pisar em falso. Porém, o sentimento de nossa amizade foi mais forte. Com muita gentileza, mas com idêntica firmeza, lembrei-lhe que você é universalmente conhecido como pessoa sempre disposta a cumprir com os compromissos assumidos. Apesar de sua resposta (que não transcrevo para não magoá-lo), disse que você há dois meses estava hospitalizado em Nápoles, em virtude de uma grave infecção pulmonar. A esta altura, Don Lollò me pediu o endereço do hospital, mas eu consegui, de certo modo, eludir a resposta. Uma vez em casa, tive que beber três copos de conhaque francês e trocar a camisa, de tão suada que estava: enfrentar o Comendador pode equivaler, por vezes, a cometer suicídio. Todavia, estou certo de que Don Lollò voltará à carga para saber seu paradeiro: aquelas duas mil liras que você deixou de pagar a seu irmão, ele quer ver você cuspi-las fora. Esperemos que eu tenha forças para continuar a esconder seu verdadeiro endereço, que você me quis revelar como prova de nossa sólida amizade. Pela presente venho também pedir-lhe um pequeno favor, que certamente não há de querer me negar, em vista de tudo que tenho feito e me proponho a fazer por você: gostaria que pedisse a seu irmão Giacomino (não é este o nome daquele que trabalha na *Prefettura* de Montelusa?) que solicite uma resposta a três cartas minhas enviadas àquele grandecíssimo corno que é o *Prefetto* Parascianno.

Na última delas chego quase a lamber o rabo desse sem-vergonha desse napolitano. Desejo apenas informações acerca da concessão de uma linha telefônica, não estou pedindo a boceta da irmã dele.

Veja se pode dar um jeito.

Do amigo,

Pippo Genuardi

Ao Contador Rosario La Ferlita
Praça Dante, 42
Palermo

Vigàta, 20 de setembro de 1891

Meu caro irmão Sasà,

Posso saber em que enrascada você está me metendo? Você está querendo me arruinar de todo? Você sabe os sacrifícios que faço para manter nossos pais e para pagar em prestações mensais suas dívidas e este é o agradecimento que me dá? Será possível que você continue sendo o mesmo cabeça de vento e um sem-vergonha?

Ao receber sua carta dirigi-me ao Comendador Parrinello, Chefe de Gabinete de Sua Exa., o *Prefetto,* para dar encaminhamento à solicitação de seu prezado amigo Filippo Genuardi. Muito gentilmente o Comendador Parrinello me garantiu que iria intervir. Pois bem, no dia seguinte me chamou a seu gabinete, mandou-me fechar a porta a chave e comunicou-me que o pedido do Genuardi estava nas mãos de Sua Excelência mesmo porque o assunto era muito delicado. O Comendador fez questão de acrescentar também que Sua Exa. estava furioso e aconselhou-me a passar ao largo de toda essa questão, que poderia ter conseqüências perigosas.

Caia fora, você também, dessa jogada que, ao que parece, tem algo escuso.

E não me fale mais de Filippo Genuardi.

Daqui a três ou quatro dias vou lhe mandar um vale postal de trezentas liras.

Um abraço de seu irmão,

Giacomino

Querido Pippo,

Esta é a carta que Giacomino me enviou. Tudo que você conseguiu foi que meu irmão me desse uma bronca. Você em tudo que se mete só dá problemas. Não lhe basta o quadriciclo a motor? Não lhe basta o fonógrafo Edison? Agora fica me enchendo o saco com o telefone? Vê se me esquece!

Mudei de residência há três dias, não moro mais na Praça Dante, mas não lhe dou o novo endereço para evitar causar-lhe embaraços junto ao Comendador Longhitano.

Adeus, corno.

Sasà

Ilmo. Comendador
Calogero Longhitano
Travessa Loreto, 12
Vigàta

Fela, 1º de outubro de 1891

Prezado Comendador,

Em mais de uma ocasião V. Revma. demonstrou honrar-me com sua particular benevolência, distinguindo-me, através de atos e palavras, entre a multidão de postulantes que recorrem, cotidianamente, a seu bom coração. V. Revma. não pode sequer longinquamente imaginar o quanto esta consideração de sua parte tem sido um estímulo e um conforto para mim.

Na noite passada, no clube de Vigàta, V. Revma. me chamou à parte para dizer-me que alguém lhe havia informado que Sasà La Ferlita tinha sido internado em um hospital de Nápoles em virtude de uma infecção pulmonar. Como V. Revma. deve estar lembrado, eu imediatamente desmenti tal informação: essa história de internação tinha sido propositalmente difundida por Sasà La Ferlita para subtrair-se a suas obrigações. Nesta mesma ocasião comuniquei-lhe o verdadeiro endereço de La Ferlita, que é na Praça Dante nº 42, em Palermo. A circunstância fez-me lembrar de uma frase latina que minha saudosa Mãe me repetia seguidamente: "Amicus Pilato, sed magis amica veritas."

Achando-me há dias em Fela, em razão de meu trabalho, encontrei casualmente um amigo de Sasà e meu, que me contou ter sabido que La Ferlita mudou, ou está mudando, de residência. Por isso apresso-me a escrever-lhe. Se V. Revma. quer mandar alguém a Palermo, para convencer Sasà a saldar a dívida contraída com seu irmão Nino, que se apresse.

Nosso amigo comum desconhece o novo endereço do La Ferlita.

Creia-me seu devoto servidor, sempre às suas ordens,

Filippo Genuardi

P. S. Ficarei ainda em Fela até o final da semana, depois retornarei a Vigàta. Desculpe-me se me atrevo a dirigir-lhe uma súplica. Desde meados de junho deste ano venho encaminhando um pedido à *Prefettura* de Montelusa, no sentido de me informarem as providências necessárias à concessão de uma linha telefônica.

V. Revma., que desfruta de amizades que lhe são dedicadas, não poderia solicitar que me dessem uma resposta? Um amigo meu informou-me que Sua Exa., o *Prefetto*, sem razão alguma, levantou suspeitas a respeito de meu pedido. V. Revma., que me conhece bem, poderia explicar a estes senhores da *Prefettura* que eu não passo de um comerciante de madeiras que pretende utilizar a linha telefônica exclusivamente para uso pessoal?

Agradecendo seu interesse, de que estou certo, queira aceitar-me como seu devoto servidor

Filippo Genuardi

REAL *PREFETTURA* DE MONTELUSA
Chefia de Gabinete

Ao Senhor
Filippo Genuardi
Rua Cavour nº 20
Vigàta

Montelusa, 7 de outubro de 1891

Não consideramos obrigação nossa dar uma resposta a suas três cartas, datadas de 12 de junho, 12 de julho e 12 de agosto deste ano, porque salta à vista tratar-se de manifesto erro de sua parte.

Esta Real *Prefettura* não é, obviamente, um escritório de informações, além de não ter nada a ver com a Real Administração dos Correios, à qual o senhor deveria, mais corretamente, ter-se dirigido.

Aproveito a oportunidade para esclarecer que Sua Excelência, o *Prefetto*, leva desde o nascimento o sobrenome de Marascianno e não Parascianno, como o senhor obstinadamente insiste em chamá-lo.

Comendador Corrado Parrinello
Chefe de Gabinete de Sua Exa., o *Prefetto*

(*Confidencial*)

Ao Grande Ufficiale[12]
Arrigo Monterchi
Real Superintendente de Polícia
de Montelusa

Montelusa, 10 de outubro de 1891

Ilustre Colega e Amigo!

Ontem ao entardecer, durante a magnífica recepção íntima que nos ofereceu Sua Exa. Revma., Monsenhor Gregorio Lacagnìna, novo Bispo e Pastor de Montelusa, certamente inspirado pelo Céu encontrei a coragem necessária para falar-lhe, embora sumária e brevemente, do estado de tribulação por que tenho passado nestes últimos meses, tanto por motivos estritamente familiares quanto por razões referentes ao Alto Cargo que ocupo, de Representante do Governo Italiano, nesta — permita-me dizê-lo, embora me seja doloroso — órfã e malfadada província de nossa bem-amada Itália.

No que se refere a minha dramática vivência familiar poderia, se o senhor fosse, não de Bérgamo, mas de Nápoles, como eu, resumi-la em cinco números (59, 17, 66, 37, 89) e o senhor teria clara e imediata visão do acontecido.

---

[12] *Grande Ufficiale*: título honorífico concedido pelo Presidente da República a pessoas que se distinguiram em alguma coisa. Originariamente era o grau máximo de algumas Ordens de Cavalaria. (N.T.)

Minha segunda mulher (Eleuteria, minha primeira esposa, morreu há dez anos de *cholera morbus*), que se chama Agostina, muito mais jovem que eu, muito cedo me enganou (59) com um falso amigo (17), cometendo, nas minhas costas, uma odiosa traição (66). Tendo sido transferido de Salerno para Montelusa, ela, infiel obstinada, para não deixar o amante, fugiu (37), sumindo de circulação (89). Entre os poucos íntimos aos quais a confidencio, não há quem não veja nesta amaríssima vicissitude as causas profundas de um mal-estar e de um desamor que tornam difícil o desdobrar cotidiano do meu viver e do meu agir. Mas deixemos isto de lado.

Acresce que, ao vir trabalhar na *Prefettura* de Montelusa, desde que cheguei encontrei todo um ambiente de boatos, subterfúgios, tramas, mentiras, suspeitas e intrigas, visando todos a um único objetivo: o de me prejudicar, cada vez mais e de forma permanente.

Por outro lado penso também na situação política da Ilha (e particularmente a desta horrível província), que se assemelha muito à de um céu coberto de espessas e ameaçadoras nuvens, prenúncio de iminentes tempestades.

Como o senhor sabe, turbulentos e insensatos agitadores bakunianos, malonianos[13], radicais, anarquistas, socialistas estão circulando tranqüilamente pelo país, espalhando a mancheias as sementes nefastas da revolta e do ódio.

Que faz o camponês zeloso e atento?

Quando ele vê, no cesto cheio de saborosas frutas, uma maçã podre, não vacila em jogá-la fora para que não contagie as outras e a podridão se espalhe. Alguns insensatos acredi-

[13]*Malonianos* — Seguidores de Benoît Malon, político francês (1841-1893). Operário autodidata, que aderiu à 1ª Internacional. Deputado, votou contra a paz e pediu demissão. Eleito para o Comitê Central da Comuna de Paris, refugiou-se na Suíça após a semana sangrenta. De volta à França, dirigiu a *Revue Socialiste* e publicou *Le Socialisme Intégral*. (N.T.)

tam, ao contrário, que não se devem tomar providências que outros poderiam considerar repressoras, mas enquanto se fala e se discute, a semente daninha se firma e lança sólidas, mas infelizmente invisíveis, raízes.

Na verdade, eles são muito hábeis em disfarçar freqüentemente seus desonestos propósitos sob a aparência de civilizada convivência. Por exemplo, veja estas três cartas de um tal Filippo Genuardi, cuja cópia segue anexa.

Elas não me deixam dormir há três meses.

Que malícia! Que desconsideração temerária!

Venho me perguntando: por que se obstina em me chamar de Parascianno, quando meu sobrenome é Marascianno?

Refleti longamente sobre isso — confesso-lhe que até descuidando dos deveres de meu Cargo —, porém cheguei a explicar-me o porquê.

Este indivíduo sujo, trocando o "p" pelo "m" em meu sobrenome, na verdade faz uma alusão dissimulada. Sim, porque em nosso dialeto *parascianno* (ou às vezes *paparascianno*), indica a coruja. E deve ser também de seu conhecimento que se costuma apelidar assim a uma pessoa velha e chata.

Mas, até aqui, ainda passa.

Genuardi, em sua luciferina malícia, insatisfeito ainda com a alusão, passa a ofender cruelmente.

No jargão mais trivial usado pelos delinqüentes napolitanos, *parascianno* (ou *paparascianno*) define um membro viril de proporções animalescas. Donde se conclui que este sujeitinho, com a aparentemente inocente troca de uma consoante, acaba por me chamar de "grandecíssima cabeça de c...!"

Mais ainda: por que de carta em carta acentua um evidente servilismo para com minha pessoa?

A que está visando? Que armadilha me está preparando?

Por isso venho pedir sua generosa ajuda. Poderia pedir informações acerca da orientação política deste Genuardi a algum subordinado seu de Vigàta? De minha parte, eu farei o mesmo junto aos Carabineiros.

Agradecido, com a sincera amizade de seu servidor.

Vittorio Marascianno

P. S. Como certamente terá notado, graças a sua grande inteligência e delicadeza, propositalmente não quis utilizar o papel timbrado da Real *Prefettura*. Rogo-lhe, portanto, caso queira me responder, que use da mesma cautela.

(*Confidencial*)

Ilmo. Comendador
Corrado Parrinello
Travessa Cappuccini, 23
Montelusa

Montelusa, 15 de outubro de 1891

Magnífico Senhor Comendador,

Meu insubstituível predecessor, o saudoso *Grande Ufficiale* Emanuele Bàrberi-Squarotti, ao transmitir-me o cargo da Real Superintendência de Polícia de Montelusa, em particular aproveitou a ocasião para elogiar Sua Pessoa como digna de toda confiança e disposta sempre a colaborar discretamente conosco no supremo interesse do país.

Felizmente, até o momento não tive a menor necessidade de dirigir-me ao senhor, abusando de Sua generosa disponibilidade. Mas agora me sinto na obrigação de pô-lo a par de uma questão muito delicada, a propósito da qual preciso de Seu iluminado conselho para, eventualmente, poder proceder da mesma maneira.

Recebi de Seu Superior, o *Prefetto* de Montelusa, Vittorio Marascianno, uma comunicação confidencial, com três cartas anexas, dirigidas a ele por um tal de Filippo Genuardi, de Vigàta.

Nas três cartas Sua Exa. supõe ver zombaria, insulto e velada ameaça.

Com toda a franqueza e absoluta sinceridade, eu não percebi nada disso nas tais cartas.

Pelo contrário, o tom da carta de Sua Excelência é que, de certo modo, me deixou bastante preocupado porque deixa transparecer um estado de ânimo — como dizer? — exaltado e perigosamente disposto a dar consistência a sombras inexistentes.

O senhor bem sabe como, em um momento político tão delicado como o atual, uma Autoridade não perfeitamente equilibrada, não completamente dona de si e de seus atos, pode representar uma séria deficiência, prenunciadora de imprevisíveis conseqüências.

Portanto, cabe ao senhor a obrigação, *o dever*, de dizer-me algo a esse respeito.

Tomei a precaução de escrever para o Seu endereço particular. E peço-lhe que venha ver-me o quanto antes.

Com os meus protestos da mais alta consideração, seu

Arrigo Monterchi.

DELEGACIA DE SEGURANÇA PÚBLICA DE VIGÀTA

Ao Senhor Superintendente
da Polícia de Montelusa

Montelusa, 18 de outubro de 1891

Assunto: *Genuardi Filippo*

GENUARDI FILIPPO (vulgo Pippo) — filho do falecido Paolo Giacomo e da falecida Edelmira Posacane, nascido em Vigàta no dia 3 de setembro de 1860 e residente nesta cidade, na casa materna, situada na Rua Cavour nº 20.

Um boa-vida durante muito tempo, vivendo à custa da mãe viúva, de três anos para cá tornou-se comerciante de madeiras.

Há cinco anos está casado com Gaetana (vulgo Taninè), filha única de Emanuele Schilirò (conhecido como Don Nenè), comerciante de enxofre, proprietário da mina Tagliacozzo, situada na província de Caltanisetta, e de uma indústria de refinação de enxofre, situada em Vigàta, na Rua Stazione Nuova.

Emanuele Schilirò é considerado, com razão, a pessoa mais abastada de Vigàta. Ao enviuvar, voltou a casar-se, há seis anos, com Calogera (vulgo Lillina) Lo Re, de trinta anos, filha de um comerciante de enxofre de Fela. O casamento, evidentemente decidido por interesse, entre o ancião Schilirò (de sessenta e dois anos) e a jovem Lo Re suscitou no povoado malévolos comentários, logo cessados graças ao comportamento irrepreensível da jovem esposa. Emanuele Schilirò opôs-se severamente ao namoro da sua única filha com um pobretão como o Genuardi, mas foi tudo inútil e ele teve que se curvar à cega obstinação da filha, que ameaçou até suicidar-se jogando-se ao mar. Com o dote de sua mulher, o Genuardi começou a viver à tripa forra e pôde abrir uma madeireira. As relações entre Schilirò e seu genro se mantêm dentro dos limites da convivência obrigatória. Porém, é de se ressaltar que, muito freqüentemente, a senhora Genuardi é obrigada a interceder junto a seu pai em razão dos desequilíbrios comerciais de seu marido.

Em outras palavras, se o Genuardi não tivesse o respaldo de seu sogro, teria falido há tempos.

No início de seu casamento, o Genuardi evidentemente não deixou de ter relações adulterinas de duração variável. É mais do que sabido, entre outras coisas, que o Genuardi, na própria noite de núpcias, depois de algumas horas passadas com a esposa, foi de carruagem ao Hotel Gellia de Montelusa e aí permaneceu em união carnal com uma dançarina de revista até ao amanhecer.

Porém, cabe registrar-se também que o Genuardi, de dois anos para cá, parece ter posto a cabeça no lugar, mantendo, de fato, uma conduta realmente impoluta: não se tem conhecimento de outras mulheres, não se entrega mais a entretenimentos fugazes. Daquelas suas escapulidas a mulher não soube nunca de nada. Ela, entre outras coisas, mantém ótimas relações com a segunda esposa de seu pai, que é quase de sua idade.

O Genuardi esfriou também a amizade que o ligava fraternalmente ao contador Rosario La Ferlita (vulgo Sasà), um verdadeiro poço de total degeneração, ovelha negra de uma família respeitada. Seu irmão Giacomo (conhecido como Zagaglino devido a um leve defeito de gagueira) é um bom funcionário da Real *Prefettura* de Montelusa. O sogro do Genuardi, considerando talvez insincero seu arrependimento, fez empregar na loja do Genuardi um velho homem de sua confiança, um tal Calogero Jacono (apelidado de Caluzzè Figueira), que lhe relata tudo que ocorre.

Nada consta com relação a Genuardi no Prontuário Judicial[14]. Ou seja, ele tem bons antecedentes.

Registra-se apenas que, no dia 5 de março deste ano, na localidade de Inficherna, Genuardi atropelou o pastor Anselmo Lococo (apelidado de Sesè-pés-de-chumbo por causa de seu andar lento), fraturando-lhe o braço esquerdo e causando a morte de duas cabras de seu rebanho. Mas o Lococo foi persuadido a não apresentar queixa graças a um generoso ressarcimento prontamente oferecido pelo senhor Emanuele Schilirò.

Genuardi dirigia um quadriciclo a motor, marca Panard e Lavassor, que comprou em Paris por uma quantia elevadíssima, por se tratar praticamente de modelo único. Ainda em Paris, para onde viajou com sua esposa por ocasião da Exposição Universal de 1889, adquiriu também um fonógrafo Edison com um rolo de cera com música gravada, que se escuta levando ao ouvido o tubo condutor anexo.

Assinalo tudo isso não por inútil bisbilhotice, mas apenas para fazer ver as ações freqüentemente pelo menos um tanto estranhas do Genuardi.

---

[14] *Casellario Giudiziale*: fichário existente nas Procuradorias da República de todos os tribunais do território nacional em que são transcritos os dados de natureza penal, civil e administrativa de cada indivíduo residente na jurisdição deste tribunal.

As idéias políticas do Genuardi são inexistentes. Vota seguindo as indicações de seu sogro, que é um homem que tem força. Nunca expressou publicamente qualquer opinião. O referido é verdade e dou fé.

Antonio Spinoso
Delegado de Segurança Pública de Vigàta

COISAS DITAS Nº 1

A
(*Giacomo La Ferlita — Pippo*)

"Por que me trouxe aqui pra baixo, hein, senhor La Ferlita?"

"Porque este é o arquivo velho da *Prefettura*, aqui vivalma põe os pés. Não vão poder ver-nos. Eu não quero qualquer contato com o senhor. Será que meu irmão não lhe explicou isso bem claro, senhor Genuardi?"

"Seu irmão foi muito claro. Talvez até demais."

"E então por que o senhor vem me incomodar na *Prefettura*? Eu tenho um nome respeitado, sabe?"

"Mas posso saber que merda deu na cabeça de todos vocês da *Prefettura* contra mim? Que foi que eu fiz, mijei fora do penico?"

"É a mim que vem perguntar isso? O senhor sabe muito bem o que tem aprontado! E fique sabendo que eu não gosto de ouvir palavrões de baixo calão!"

"O que eu aprontei?! Mas eu não aprontei nada! Escrevi três cartas ao *Prefetto* pedindo uma informação e ele é que interpretou mal."

"Não creio que a coisa seja apenas esta. O Comendador Parrinello me pareceu seriamente preocupado."

"Pois que vão tomar no cu, ele e sua 'celência'!"

"Ouça, já lhe disse que os palavrões..."

"Está bem, desculpe. Passemos ao motivo de minha visita. Eu não estou aqui por mim, senhor Giacomino. Vim cá por seu irmão, Sasà."

"Não meta o Sasà nisso."

"Não posso! Antes pudesse! Mas é um dever de amizade!"

"Ouça..."

"Não, agora chega, o senhor é que vai me ouvir. Eu tenho que avisar ao Sasà que alguém o está procurando para arrancar-lhe o couro."

"E por quê?"

"Ah, agora quer se fazer de inocente? Então não sabe que seu irmão Sasà enrabou meio mundo? Não sabe que ele deve dinheiro à Sicília inteira?"

"Isto eu já sei. Porém está pagando regularmente suas dívidas. Que tenham paciência e de uma hora para outra receberão de volta seu dinheiro."

"Ora, não me faça rir que me faz mal ao fígado! Então o senhor não sabe que seu irmão Sasà, passando calote em todo o mundo, às cegas, em seja lá quem for, deixou de pagar duas mil liras a Nino Longhitano, irmão do Comendador Don Lollò?"

"Cacete! Caralho!"

"Qu'é isso, sujou a boca? Agora diz palavrões?".

"Justo no irmão de Don Lollò Longhitano este desgraçado do Sasà tinha que dar um calote de duas mil liras? Eu fico me perguntando: meu bendito irmão, é exatamente onde tem fogo que você põe o pé?"

"Que é que vamos fazer? Aconteceu. Agora, o senhor sabe muito bem que o Comendador Longhitano é pessoa com quem não se brinca, e quer que seu irmão Nino seja respeitado. Eu tenho o antigo endereço do Sasà em Palermo, o da Praça Dante, mas o novo ele ainda não teve tempo de me mandar. Se for esperar até que ele me escreva, talvez já seja demasiado tarde."

"Virgem santa! Tarde demais pra quê?"

"Exatamente para aquilo que está imaginando. O Comendador Longhitano não só mandará espancá-lo, como talvez o faça perder definitivamente seu vício! Depende do senhor, meu caro Don Giacomino La Ferlita, ter ou não na consciência a vida de seu irmão."

"Está bem, hoje mesmo eu escrevo para ele."

"O que é que o senhor vai fazer?"

"Escrever para ele."

"Mas onde é que o senhor está com a cabeça? O senhor pega a caneta e escreve! Primeiro, não se sabe quando a carta vai chegar, certo? De Vigàta a Palermo provavelmente levará uma semana. E aí vai chegar tarde demais. Depois, quando o que for feito estiver feito e chegarem os carabineiros para a ocorrência, descobrem sua linda cartinha de advertência. A esta altura, o senhor pode dizer adeus a sua carreira na *Prefettura*. Se, ao contrário, o senhor se decidir a me dar a porra do endereço de Sasà, eu pego o trem e vou ao encontro dele. Entendeu, senhor La Ferlita: eu estou pondo em risco minha existência para ajudar a Sasà. Convença-se disso."

"Está bem. Meu irmão mora na Avenida Tukory, em Palermo mesmo. No número quinze, em casa da família Bordone."

"Precisávamos perder tanto tempo? Por onde, porra, se sai deste labirinto?"

B

(*Superintendente — Comendador Parrinello*)

"Obrigado, meu caro Comendador Parrinello, por ter aceitado com tanta presteza meu convite."

"É minha obrigação, senhor Superintendente."

"Vou imediatamente ao assunto. Confesso-lhe ter ficado muito impressionado com a carta que Sua Excelência, o *Prefetto* Marascianno, me enviou. Veja o senhor mesmo."

"Já a conheço. O senhor *Prefetto* se digna deixar-me ler tudo que ele escreve. Até as poesias dele."

"Meu Deus, ele escreve versos?"

"Sim, senhor. Para a pobre mulher falecida."

"A primeira."

"Desculpe, que primeira?"

"A primeira mulher, não? A que morreu. Que a segunda, ao contrário, fugiu com um cara."

"Perdão, senhor Superintendente, não entendi. Que eu saiba, Sua Excelência só se casou uma vez. E logo ficou viúvo."

"Mas foi ele mesmo que escreveu isso! Leu ou não leu esta bendita carta aqui?"

"Pode me dar um momento? Não, esta carta ele não me deixou ler. É claro que deve ter escrito uma e enviado outra."

"Vamos pôr um pouco de ordem nas coisas? A seu ver, esta história de segunda mulher adúltera não passa de invenção?"

"Eu diria que sim. Seja como for, a mim ele sempre disse que tinha ficado viúvo, nada mais."

"Escute, não nos enrolemos mais com este assunto. Mando investigar e esclarecemos isso. Ou seja, por enquanto esta fantasia de uma hipotética mulher traidora não faz mais que pôr lenha na fogueira."

"Exato."

"No trabalho, como é que ele se comporta?"

"Como é que vou dizer? Fica calmo dois ou três dias e a seguir, de repente, estoura."

"Como...?"

"Explode. Fica perturbado, literalmente. Às vezes, comigo se expressa por signos, não usa palavras."

"Quer dizer, comunica-se por meio de mímica facial?"

"Não, senhor Superintendente, por signos, aqui quero dizer como na cabala. E eu, para entendê-lo, me sirvo de um precioso pequeno livro do *Cavaliere* De Cristallinis, editado em Nápoles há cerca de vinte anos. Que é exatamente um código cifrado[15]."

"Meu Deus! Escute, e os requerentes, os que vão lá falar com o *Prefetto*, têm tido possibilidade de perceber alguma coisa?"

"Infelizmente, alguns sim, embora eu esteja atento, para resguardá-lo.

Quando me dou conta de que naquele dia a coisa está feia, invento uma desculpa e cancelo os compromissos. Mas nem sempre consigo. Por exemplo, não consegui impedi-lo de falar com o general Dante Livio Bouchet e com o *Grande Ufficiale* Pipìa, presidente do nosso tribunal."

---

[15] Do hebraico *qabbatah*, 'doutrina recebida, tradição': em italiano, se aplicado ao jogo da loteria, significa a série de operações aritméticas para acertar os números. Os jogadores da loteria nacional apostam todas as semanas. Para a interpretação de fatos e sonhos e sua correspondência aos números, os napolitanos criaram um manual, conhecido como *Smorfia*, que contém os números de 1 a 90, cada um correspondendo a uma imagem sonhada ou a fatos vividos. (N.T.)

"De modo que estes senhores com certeza perceberam... Ou será que não?"

"Não. Veja, pelo que se refere ao Presidente Pipìa não há absolutamente com que se preocupar. O presidente se encontrou com Sua Excelência Marascianno por volta das quatro da tarde."

"E daí?"

"O senhor conhece o Presidente Pipìa?"

"Encontrei-o umas duas vezes."

"Desculpe, a que horas?"

"Deixe-me ver. Nas duas vezes, pela manhã. Mas que importância tem a hora?!"

"É importante.O Presidente Pipìa, na hora do almoço, bebe todas. Me explico?"

"De modo algum."

"Bebe demais, o presidente. Entorna, como se diz em sua terra."

"Ainda bem que os processos são julgados de manhã."

"Nem sempre. No ano passado ele presidiu a um logo depois do almoço e queria fazer condenar um fulano que tinha roubado três batatas, veja bem, três, a trezentos anos de cadeia. Cem anos por batata."

"E como isso terminou?"

"Debaixo de risadas, senhor Superintendente. Todos, o Promotor Público e os advogados, fingiram crer que o presidente estava brincando."

"Portanto, resta só o general Bouchet."

"O senhor o conhece?"

"Me apresentaram a ele no ano passado, por ocasião do desfile militar. Troquei umas poucas palavras com ele."

"Perdão, mas isto é impossível. O senhor deve ter falado e o general ter-se-á limitado a resmungar algo. O general não fala, murmura, resmunga, como se diz aqui. E sabe por que se expressa assim?"

"Não faço a menor idéia."

"Porque é surdo como um sino. Não respondendo, se resguarda. O general perguntou a Sua Excelência: 'Como está a situação no interior?' E aí o *Prefetto*, que estava em um de seus dias especiais, respondeu: 'Está 43', o que quer dizer, tensa, nervosa. O general deve ter entendido 'sem novidades' ou algo parecido e enrolou os bigodes muito satisfeito."

"Que é que vamos fazer, Comendador?"

"Infelizmente, eu só posso erguer os ombros."

"E eu nem isso, porque os meus já caíram. Vamos fazer o seguinte: pensamos no assunto por alguns dias e depois tomamos uma decisão. Mas, enquanto isso, vamos nos manter em estreito contato."

"Às suas ordens, senhor Superintendente."

C
(*Don Nenè — Caluzzè*)

"Sua bênção, Don Nenè."

"Meus cumprimentos, Caluzzè."

"Vossência perdoe se venho incomodar no seu escritório, porque talvez esteja ocupado."

"Neste momento não estou ocupado, Caluzzè. Aconteceu alguma coisa?"

"Aconteceu, sim."

"Ai, ai, ai! Que nova besteira fez meu genro Pippo?"

"Não senhor, Don Pippo Genuardi não fez nenhuma besteira nova. Mas como Vossência quer saber de mim toda e qualquer coisa que aconteça no depósito de Don Pippo, seu genro, eu acho que tenho que dizer que ele recebeu uma carta da *Prefettura* de Montelusa."

"E você conseguiu ler a carta?"

"Sim, senhor. Como Don Pippo teve que viajar pra Fela, eu tive todo o tempo do mundo pra ler. Levei quase uma semana."

"E que dizia a carta?"

"A carta dizia que seu genro Don Filippo em vez de se dirigir à *Prefettura* tinha que escrever era aos Correios e Telégrafos. Quer dizer, que ele fez um erro."

"E que porra quer ele dos Correios e Telégrafos?"

"A concessão de uma linha telefônica."

"Você tem certeza de que leu claramente?"

"Boto a mão no fogo."

"E que é que Pippo vai fazer com um telefone? Com quem quer falar este grandecíssimo safado?"

"Isso a carta não diz."

"Neste caso você precisa ficar atento, bem atento. Continue a espioná-lo, Caluzzè, não o perca de vista. E relate-me toda e qualquer coisa, até a mais insignificante."

"Vossência pode deixar."

"Toma, Caluzzè, pega aí."

"Vossência não precisa se incomodar..."

"Toma, Caluzzè. E torno a dizer: olhos abertos."

D
(*Pippo — Taninè*)

"Taninè, quero falar com você."

"Primeiro coma, Pippo, depois falamos. Está vendo? Preparei aqueles pratos que você mais gosta: bacalhau *à la gliotta* e brócolis refogados no vinagre."

"Desculpe, Taninè, mas não estou com vontade de comer nada, nada. Estou com a garganta fechada, a comida não consegue passar pela goela."

"Que foi que houve? Se resfriou? 'Tá ficando com febre? Não me deixa preocupada, Pippo!"

"Não é doença do corpo, Taninè, é doença da alma. Sabe, é melhor eu ir me deitar."

"Não está com vontade nenhuma de jantar?"

"Nãooo! Será que tenho que dizer isso cantando, com música?"

"Tá bem. Mas, se quiser falar comigo, diga."

"Taninè, preciso de ajuda."

"Eu estou aqui, ora."

"Você tem que falar com seu pai, com Don Nenè."

"E o que é que eu tenho que falar pra ele?"

"Que estamos precisados."

"Não, Pippo, eu não quero falar de dinheiro com meu pai. Só Deus sabe o que me custou pedir a ele o dinheiro para o quadriciclo a motor que você teve o capricho de querer comprar. Sabe o que meu pai disse quando deu dinheiro? 'Esta é a última vez, diga isto ao sem-vergonha inútil do Pippo, teu marido.' Foi assim mesmo que ele me disse."

"Sem-vergonha? Inútil? Mas eu me arrebento de trabalhar o dia inteiro naquela madeireira nojenta! Nojenta, sim senhora! Se você tivesse visto, em Fela, a loja dos irmãos Tanterra! Aquilo, sim, é uma loja! Três empregados e cinco assistentes! Madeira vinda do Canadá, da Suécia! E eu tenho que me contentar com quatro tábuas das Madonie e com um imbecil como o Caluzzè Figueira! Eu me sinto sufocado! Eu tenho que incrementar meus negócios! Tenho que me expandir! E é por isso que você tem que falar com seu pai!"

"E ele insiste! Não, senhor, eu não falo com ele! Sabe o que vai me responder? 'Se Pippo precisa de dinheiro, que pegue o quadriciclo a motor e venda! Não será difícil encontrar um outro merda que o compre!'"

"Porra, mas enlouqueceram, você e seu pai? O quadriciclo dá cartaz, dá prestígio! Sabe o que aconteceu em Fela quando cheguei motorizado? Uma revolução! Um espetáculo dos *puppos!*[16] Todo mundo em volta, olhando para mim! Até os irmãos Tanterra saíram da loja de boca aberta! Se o vendesse, iam pensar que estou falindo, que estou com a corda no pescoço!"

"E não pode pedir o dinheiro emprestado no banco?"

"Já pedi e recebi, e agora o banco quer que eu pague o empréstimo. Mas não falemos mais disso, Taninè. Vou me deitar e espero que possa pegar no sono. E você, o que é que vai fazer? Vem?"

"Vou tirar a mesa, me lavo, depois rezo e vou. Me espera acordado."

---

[16] A *opera dei puppi* — teatro de bonecos, de grande popularidade na Sicília. É também sinônimo de confusão, porque seus personagens são figuras da tradição cavalheiresca (paladinos do ciclo carolíngio) sempre em luta entre si e provocando ruidosa torcida na platéia. (N.T.)

[...]

"Ai, meu Deus, ai Deus, Deus, Deus, Deus, ai que gostoso, que gostoso, ah, meu Deus, mais, mais, mais, ah, meu Deus, assim, assim, sim, sim, siiiim! Ai, estou morrendo, estou morta, morta, continua Pippo, continua, Pippinho, Pippinho, oh Deus oh meu Deus, que está fazendo, o que faz, por que parou?"

"Chega, cansei."

"Mas, que está fazendo? Está saindo? 'Tá saindo? Não, não, por favor, entra, mete, Pippo, assim, oh meu Deus, oh meu Deus, assim, tudo, tudo, mais, mais oh meu Deus, meu Deus..."

"Vai falar com seu pai, sua putinha?"

"Sim, sim, sim, eu falo com ele, falo com ele, me chama mais uma vez de puta."

E
(Pippo — Comendador Longhitano)

"Pippo Genuardi! Pode me dar um minuto?

"Comendador Longhitano! Que acaso feliz e que sorte! Eu vinha exatamente falar com o senhor."

"E eu estava procurando o senhor. Então empatamos."

"É muito gentileza de sua parte, senhor Comendador, mas eu nunca conseguiria empatar com o senhor, o senhor será sempre superior a mim, eu sou uma formiga em comparação com o senhor."

" Quem fala primeiro, eu ou o senhor?"

"O senhor, Comendador. Pelo respeito que lhe devo."

"Pois bem. As informações que o senhor gentilmente me deu na noite passada, quando estávamos no clube, estavam corretas. Eu mandei dois amigos meus a Palermo, ao endereço da Praça Dante. Mas chegaram tarde e não acharam mais o homem, tinha mudado de casa, como, aliás, o senhor me tinha dito em sua carta enviada de Fela. Nenhum dos vizinhos soube dizer a meus amigos onde o contador teria ido enfiar-se, como rato de esgoto que é... Por falar em esgoto, deram-lhe resposta por parte da *Preffetura*?"

"Sim, Comendador."

"E por que está dando esta risada? Quer fazer o favor de me explicar? Quando alguém ri na minha cara e não consigo saber por quê, isto me deixa nervoso."

"Perdão, Comendador, peço que me desculpe."

"Quero que o senhor saiba que o fato de meus amigos não terem encontrado nosso contador não significa que a partida está terminada. Porque, sabe, de mim ninguém debocha, ninguém me cospe a última palavra. Ninguém me leva pelo nariz. E o nariz de meu irmão Nino, que é pessoa boa e querida, é como se fosse o meu. Fui claro?

"Claríssimo."

"Não é por causa das duas mil miseráveis liras que Sasà La Ferlita deixou de pagar a meu irmão, mas pelo precedente. Entendeu?"

"E como não? Meia palavra basta."

"Muito bem. Portanto, se por acaso o senhor vier a saber para onde este grandecíssimo filho da puta se mudou, sua obrigação é de me informar."

"Comendador, o senhor está me ofendendo e sem razão. Conheço minhas obrigações sem que o senhor precise lembrar-me delas. Não se deu conta de que há pouco estava sorrindo? Estava rindo porque o senhor não me perguntou a razão pela qual eu estava procurando o senhor."

"E qual é? Explique-se."

"Não há o que explicar. O contador Rosario La Ferlita está morando em casa da família Bordone, na Avenida Tukory nº 15, em Palermo."

"Tem certeza?"

"Juro pela Bíblia."

"Então, olhe, nós dois não nos vimos, nem nos temos falado. Em seu interesse mesmo. Fico lhe devendo um favor."

"Comendador, desculpe perguntar, o senhor conhece alguém em Palermo que trabalhe na administração dos Correios e Telégrafos? Sabe, há cerca de dez dias enviei-lhes uma solicitação..."

COISAS ESCRITAS Nº 2

DELEGACIA DE SEGURANÇA PÚBLICA DE VIGÀTA

Ao Senhor Superintendente
de Polícia de Montelusa

Vigàta, 25 de outubro de 1891

Assunto: *Apelidos*

A propósito do relatório que V. S. me solicitou e eu prontamente lhe enviei acerca de Filippo Genuardi, de Vigàta, V. S. me critica o fato de dar importância ao que é supérfluo. E me dá, como comprovação, a transcrição precisa que fiz do apelido correspondente a cada um dos nomes que eu mencionei. Penitencio-me e prometo que de agora em diante respeitarei suas ordens.

No entanto, sinto necessidade de esclarecer o sentido de meu procedimento.

A maioria dos sicilianos que é devidamente registrada no Cartório de Registro Civil[17] com nome de batismo e sobrenome, na realidade desde o nascimento passa a ser chamada por um nome diferente.

---

[17] *Officio Anagráfico* — Na Itália, o registro dos nascimentos e casamentos é feito neste órgão, pertencente ao município de residência de quem se registra. A tradução visou dar o equivalente no Brasil. (N.T.)

Um Filippo Nuara, por exemplo, será chamado por todo mundo, inclusive por seus pais e parentes, de Nicola Nuara. Este cognome será, por sua vez, mudado com o diminutivo para Cola Nuara.

A esta altura começarão a coexistir duas pessoas diferentes. Uma, Filippo Nuara, que só terá existência nos documentos legais; outra, Cola Nuara, que terá, ao contrário, vida totalmente real. Em comum, os dois terão apenas o sobrenome.

Porém, Cola Nuara pode em seguida vir a receber o que V. S. chama de cognome e que nós chamamos de apelido, sem que haja nisso qualquer intenção ofensiva. Se por acaso nosso Cola Nuara mancar um pouco, será, inevitavelmente, 'Cola, o Manco', ou 'Cola 'Tique-Taque', ou ainda 'Cola Mar de Proa', e assim por diante, de acordo com a mais desenfreada fantasia.

A esta altura, um desinformado Oficial de Justiça do Tribunal de Montelusa terá grande dificuldade em fazer coincidir 'Cola Nuara, o Manco', com o Filippo Nuara a quem deveria entregar uma notificação.

Conheço dezenas de pessoas condenadas à revelia e que não eram de fato revéis: tinha sido árduo ou até mesmo impossível identificá-las.

Só no momento de sua morte (que se deu aos 93 anos de idade) o professor primário Pasqualino Zorbo soube, com o maior espanto, que na certidão de registro seu nome era Aníbal.

Meu colega, o Delegado de Segurança Pública Antonino Cutrera, de que todos nos orgulhamos pela profundidade de seu engenho e cuja amizade muito me honra, um dia, conversando comigo, ousou tentar dar uma explicação para um costume tão difundido na Ilha. O uso de um nome diferente do de registro, com o acréscimo de um cognome (apelido) conhecido somente dentro dos estreitos limites da própria comunidade, obedece a duas exigências opostas. A primeira, é a de esconder-se em caso de perigo: um duplo (ou até tríplice) nome, ao dar margem à troca de pessoas, quando chega a criar um equívoco favorece aquele que está sendo buscado, seja por que razão for. A segunda exigência, ao contrário, é a de, em caso de necessidade, fazer-se reconhecer exatamente para evitar o erro.

Desculpe ter me detido tão longamente neste assunto.

Sempre às suas ordens,

Antonio Spinoso
Delegado de Polícia de Vigàta

COMANDO DOS REAIS CARABINEIROS DE VIGÀTA

A Sua Excelência,
o Prefetto *de Montelusa*

Vigàta, 2 de novembro de 1891

Assunto: *Genuardi Filippo*

Em atenção a seu pedido referente ao supracitado, o Comando dos Reais Carabineiros de Vigàta tem a satisfação de transmitir-lhe o seguinte:

Filippo Genuardi, filho do falecido Paolo Giacomo e da falecida Edelmira Posacane, nascido em Vigàta em 3 de setembro de 1860 e residente nesta cidade na Rua Cavour nº 20, profissão comerciante de madeiras, parece ser, para todos os efeitos, *sem antecedentes.* Nada consta contra ele.

No entanto, deve-se registrar que o Genuardi vem sendo, de longa data, submetido, por parte deste Comando, a uma atenta vigilância.

Depois de anos de vida airada e desregramentos, o Genuardi, nos últimos tempos, regenerou-se aos olhos da opinião pública, passando a levar uma vida regular, que não dá lugar a escândalos e a maledicências. Mas este Comando nutre uma suspeita de que esta regeneração é apenas aparente, visando esconder manobras subterrâneas. Na realidade,

Genuardi é homem de ambições desmedidas, disposto a toda e qualquer coisa para atingir seus fins. Além disso, gosta de pôr-se sempre em evidência. Prova disto é, entre outras coisas, o fato de ter mandado vir da França um caríssimo quadriciclo a motor, que a própria Panhard-Levassor, a firma fabricante, denominou "Faetonte". Este quadriciclo tem uma potência de 2 C.V. (cavalos-vapor), correia de transmissão, lâmpadas de acetileno. Seu motor, movido a petróleo, pode atingir a velocidade de 30 quilômetros por hora.

Pelo que nós, deste Comando, estamos sabendo, parece que há apenas três máquinas de tal tipo em toda a Itália.

Não satisfeito com isso, o Genuardi fez também vir, sempre da França, uma máquina falante e cantante, chamada pelos franceses de "fonógrafo de Edison".

Portanto, o Genuardi, pelo seu modo de viver, precisa de muito dinheiro, que o comércio de madeiras certamente não pode lhe proporcionar. E que ele provê, mas apenas em parte, valendo-se da ajuda de seu magnânimo sogro, Emanuele Schilirò, rico e respeitado comerciante.

Além das razões supracitadas, este Comando tem razões mais que relevantes para manter a vigilância sobre a pessoa em questão. Parece ser fato indiscutível que em sua residência, situada na Rua Cavour nº 20, teve contato pelo menos por duas vezes (em 20 de janeiro e em 14 de março do corrente ano) com os conhecidos agitadores e propagandistas políticos Rosario Garibaldi Bosco, siciliano, contador, Carlo Dell'Avalle e Alfredo Casati, estes últimos milaneses e operários.

Este Comando julga que não se deve ainda proceder a sua prisão por falta de ordens precisas para tal.

O referido é verdade e dou fé. Atenciosamente,

Tenente Gesualdo Lanza-Turò

Comandante do Batalhão dos Reais Carabineiros

MINISTÉRIO DOS CORREIOS E TELÉGRAFOS
Escritório Regional da Sicília —
Rua Ruggero Settimo, 32 — Palermo

Ilmo. Sr. Filippo Genuardi
Rua Cavour nº 20 — Vigàta

Palermo, 2 de novembro de 1891

Prezado Senhor Genuardi,

Seu nome me foi recomendado por meu querido amigo, o advogado Orazio Rusotto, que, por sua vez, mantém relações que seria pouco chamar de fraternas com o Comendador Calogero Longhitano, de Vigàta.

Apresso-me, portanto, a comunicar-lhe o que se segue.

O encaminhamento do pedido de concessão governamental de uma linha telefônica para uso privado, ou seja, não-comercial, é em geral bastante longo e trabalhoso, necessitando de toda uma série de informações e de pesquisas preliminares.

Depois de obtidos esses dados indispensáveis poder-se-á, mas só em caso afirmativo, dar início aos procedimentos seguintes.

Buscarei, dentro dos limites dos poderes discricionais que me são conferidos na qualidade de Diretor deste Escritório, abreviar o percurso desse expediente.

Enquanto isso, o senhor deverá conseguir, em papel

timbrado e selado, os seguintes documentos (e advirto-o de que a falta de um só pode colocar em risco todo o processo em curso):

1. Certidão de nascimento

2. Estado civil

3. Atestado de bons antecedentes

4. Atestado da coletoria municipal (ou do Departamento de Finanças de Montelusa), pelo qual fique claro que está em dia com os impostos

5. Atestado de boa conduta moral e civil passado pela Delegacia de Segurança Pública local

6. Certificado de cidadania italiana

7. Cópia do Certificado de Reservista devidamente assinado e legalizado pelo Comandante do Distrito Militar, evidenciando sua quitação com o Serviço Militar

8. Certificado do Registro de Imóveis comprovando que o apartamento (ou a loja, ou o escritório) no qual pretende instalar o aparelho telefônico é de sua propriedade pessoal,

ou, no caso de ser alugado:

Declaração, com firma reconhecida, do locador, na qual se ateste que o apartamento (ou a loja, ou o escritório) lhe foi alugado por um período não inferior a 5 (cinco) anos.

9. Declaração de concordância (com firma reconhecida em cartório) por parte daquele (ou daquela) em cujo apartamento (ou loja, ou escritório) deverá ser instalado o aparelho receptor.

Esta administração fornece aparelhos telefônicos Ader-Bell; os de uso residencial não dispõem de comutador, ou seja, o aparelho receptor (e ao mesmo tempo transmissor) só poderá ser ativado por intermédio do aparelho transmissor (e por sua vez receptor). Não é possível, portanto, a chamada direta de outras linhas telefônicas.

A aparelhagem, que precisa de uma parede com um espaço livre de pelo menos 1,50m de base por 2,30m de altura, funciona com duas pilhas. Uma se destina a formar o circuito que serve para fazer soar a campainha; a outra serve para alimentar a corrente que circula pelo aparelho, do transmissor ao receptor.

Se a solicitação, após nossas averiguações, tiver prosseguimento, o senhor deverá apresentar um requerimento a S. Exa. o Ministro, após o cumprimento de outras obrigações que lhe darei a conhecer em seu devido tempo e lugar.

Assim que tivermos recebido os documentos exigidos, chegará a Vigàta um de nossos peritos para as estimativas e cálculos de praxe.

Viagem, alimentação e estadia do perito ficarão totalmente a seu cargo. Porém, ele tem obrigação de dar-lhe o recibo regulamentar. Permita-me acrescentar, a título absolutamente pessoal, que estou convencido de que nosso perito não vai passar mal em sua visita: dizem que em Vigàta vocês têm uma lagosta que é uma bênção de Deus!

Peço-lhe que transmita minhas calorosas saudações ao Comendador Longhitano.

Atenciosamente,

Ignazio Caltabiano
Administração dos Correios e Telégrafos
Diretor do Escritório Regional de Palermo

(*Confidencial*)

Ao Grande Ufficiale
Arrigo Morterchi
Real Superintendente
de Polícia de Montelusa

Montelusa, 5 de novembro de 1891

Prezadíssimo Colega e Amigo!

Tendo feito da sinceridade absoluta minha norma de vida, não posso esconder minha perplexidade e meu constrangimento ao ler a cópia das informações enviadas pelo Delegado de Segurança Pública de Vigàta e que o senhor gentilmente me fez chegar às mãos.

Creio, sinceramente, que está havendo uma conspiração contra mim, tramada pelo conhecido Filippo Genuardi em articulação com o delegado Antonio Spinoso (nome que de agora em diante manterei em mente). Conspiração na qual, me é penoso dizer, também o senhor virá a ser implicado se der crédito ao mentiroso relatório que arquitetaram para enviar-lhe e avalizá-lo com sua Autoridade.

66 — 6 — 43!

E que a verdade seja dita!

Anexo fac-símile das averiguações que me foram remetidas, também de Vigàta, pelo Comandante do Batalhão de Carabineiros Reais, Tenente Gesualdo Lanza-Turò, oficial de esplendorosa lealdade, descendente de Família Nobre que já deu à pátria Mártires e Heróis.

Pelo relatório da Benemérita Arma, fica claro o que eu já havia intuído, ou seja, que o Genuardi é um perigoso membro daquela seita dos

Sem Deus

"Pátria

"Família

"Dignidade

"Decoro

"Honra

"Arte nem Parte

que se inspiram no ateísmo e no materialismo.

Cuidado, portanto, com sua próxima atitude.

56 — 50 — 43!

Vittorio Marascianno
Prefetto de Montelusa

Montelusa, 5 de novembro de 1891

Caro Comendador Parrinello,

Por intermédio de pessoa fidedigna envio-lhe este bilhete. Recebi, esta manhã, uma carta simplesmente alucinada, na qual aquele que o senhor sabe atreve-se até a proferir obscuras ameaças a minha pessoa.

Poderia consultar aquele livro que me disse possuir (parece-me que se chama Código de Signos, não?) para explicar-me o significado destes dois grupos de números?

66 / 6 / 43

e 56 / 50 / 43.

Responda-me sob esta mensagem mesma. Quanto menos papel circular, tanto melhor. Podemos encontrar-nos depois de amanhã? Obrigado.

Seu

Arrigo Monterchi

Ilustríssimo Senhor Superintendente de Polícia

Apresso-me a revelar-lhe o significado dos números.

Primeiro grupo:

66 = conspiração

6 = secreta

43 = socialista

Segundo grupo:

56 = guerra

50 = inimigo

43 = socialista
Às suas ordens e até depois de amanhã.

Sinceramente,

Corrado Parrinello

Ilmo. Dr. Ignazio Caltabiano
Diretor do Departamento de Correios e Telégrafos
Rua Ruggero Settimo, 32
Palermo

Vigàta, 6 de novembro de 1891

Ilustríssimo Senhor Diretor,

Aproveito a ida de um amigo meu a Palermo para enviar-lhe este presentinho que, se não me leva a mal, visa apenas a que o senhor possa ficar de igual para igual com o perito que virá aqui.

De igual para igual, que fique claro, somente no que se refere às lagostas fresquíssimas que, espero, o senhor virá a degustar em meu nome.

Gratíssimo pela cortesia e solicitude demonstradas para comigo. Queira aceitar meus respeitosos cumprimentos.

Assim que o encontrar, transmitirei suas saudações ao Comendador Longhitano.

De minha parte, agradeça ao advogado Rusotto, que não tenho o prazer de conhecer, por sua gentil intervenção.

Seu

Filippo Genuardi

REAL *PREFETTURA* DE MONTELUSA
O *Prefetto*

Ao Ilustre Cavaliere[18]
Artidoro Conigliaro
Sottoprefetto
de Bivona

Montelusa, 6 de novembro de 1891

Ilustre *Cavaliere*:

Chegou a meu conhecimento uma vasta e articulada conjuração que, envolvendo Altos Dignitários do Estado nesta Província, põe em risco a existência mesma da Pátria!

Como o Senhor bem sabe, tudo começou há cerca de vinte anos, com a desgraçada pesquisa realizada na Sicília por Franchetti e Sonnino[19], pesquisa esta que o iluminado Rosario Conti viria a definir como "um espantoso atentado à Unidade e à Independência da Itália", e que o jornal palermitano *Il Precursore* não hesitou em caracterizar como "obra perigosíssima porque deu primazia à questão social, instigando desse

[18] *Cavaliere* — Título honorífico logo abaixo de Comendador e *Grande Ufficiale*. Por vezes também usado ironicamente. (N.T.)

[19] *Franchetti*, Leopoldo (1847-1917), político especializado em problemas socioeconômicos do Sul da Itália. *Sonnino*, Giorgio Sidney (1847-1922), famoso político italiano que chegou a ser, por mais de um vez, primeiro-ministro da Itália. Ocuparam-se, entre outras coisas, da Sicília, realizando uma pesquisa sobre as condições da ilha. (N.T.)

modo à guerra civil e à guerra social". Desde então estas duas guerras se avizinham a grandes passos, inexoravelmente. Estamos sentados sobre um explosivo barril de pólvora, meu caro e ilustre amigo! Mas voltemos à conjuração. Foi-me notificada a presença, em nossa Província, de partidários da seita socialista, os quais, munidos de misteriosas misturas e de fétidos ungüentos, infectam nossas laboriosas populações. Providos de minúsculas e fragilíssimas ampolinhas, já provocaram em Favara uma forte e difusa gripe, complicada com cefaléia, vômitos e diarréia.

Ontem vim a saber que dois destes miseráveis, químicos competentes disfarçados de camponeses, estariam se encaminhando para Bivona, para atuar em sua "Real Estação Químico-Agrária Experimental", difundindo germes destinados a desencadear uma epidemia de febre aftosa.

Enfatizo que tais germes podem ser mui facilmente reconhecidos: são de cor vermelho gritante, possuindo, cada um deles, 2.402 perninhas. É preciso providenciar sua destruição, porque têm enorme capacidade reprodutiva.

Seguro de que o senhor, consciente do perigo, saberá estar alerta e vigilante, estimulo-o a pôr mãos à obra.

Sua Excelência, o *Prefetto*

Vittorio Marascianno

DELEGACIA DE SEGURANÇA PÚBLICA DE VIGÀTA

Ao Senhor Superintendente
de Polícia de Montelusa

Vigàta, 7 de novembro de 1891

Ao anexar cópia do relatório enviado pelo tenente dos Reais Carabineiros Gesualdo Lanza-Turò a Sua Excelência, o *Prefetto* de Montelusa, o senhor me pergunta se tenho conhecimento da articulação de Filippo Genuardi com conhecidos agitadores políticos e, em caso afirmativo, por que não considerei oportuno comunicar-lhe tal fato. Estava perfeitamente a par de que os agitadores Rosario Garibaldi Bosco, Carlo Dell'Avalle e Alfredo Casati tinham ido, no dia 20 de janeiro e no dia 14 de março do corrente ano, a um apartamento da Rua Cavour nº 20 em Vigàta.

Como o senhor certamente estará lembrado, tanto o demissionário governo Crispi quanto o atual governo Di Rudinì nunca emitiram ordens de pronta captura contra agitadores políticos que se limitam a expressar suas opiniões. Deve-se intervir, como no caso de qualquer outro cidadão, somente no caso de cometerem crimes contemplados pelo Código Penal. Por conseguinte, esta delegacia empenhou-se apenas em vigiar os movimentos dos três indivíduos, a fim de fazer relatórios dirigidos ao então Superintendente de Polícia em função, Comendador Bàrberi-Squarotti. As datas das duas visitas dos referidos revolucionários à Rua Cavour nº 20 são, tal como registra o tenente Lanza-Turò, absolutamente exatas.

Porém, sendo exatas, evidencia-se de imediato que, tanto no mês de janeiro quanto no mês de março, Filippo Genuardi ainda não se tinha mudado para a Rua Cavour nº 20, mas residia na Rua Dell'Unità d'Italia nº 73, em apartamento alugado.

De fato, até 1º de agosto do corrente ano, o apartamento na Rua Cavour nº 20 estava ocupado pela mãe do Genuardi, Edelmira Posacane de Genuardi.

Ao morrer esta senhora, o filho, com total insensibilidade, no dia seguinte mesmo ao funeral da mãe instalou-se no apartamento com sua mulher. Cabe, a esta altura, levar a seu conhecimento que a casa situada na Rua Cavour nº 20 compõe-se de dois apartamentos, um em cada andar. O do andar térreo continua sendo ocupado pela senhora Antonietta Verderame, nascida em Catania há 93 anos; o de cima é a atual habitação de Filippo Genuardi. Acontece que a senhora Antonietta Verderame é a tia materna do agitador Rosario Garibaldi Bosco, que tem para com ela sentimentos da mais terna afeição. Encontrando-se em Vigàta nos dias 20 de janeiro e 14 de março do corrente ano, não pôde deixar de ir vê-la em ambas as ocasiões, depois de ter comprado na pastelaria local Castiglione uma dúzia de "cannoli de ricota", que a senhora Verderame, apesar da veneranda idade, gulosamente aprecia. Para ser mais preciso, acrescento que, na segunda visita, os srs. Dell'Avalle e Casati não entraram no apartamento, limitando-se a esperar seu companheiro na entrada do prédio (o que se deduz pelas guimbas de cigarros aí deixadas).

Portanto, confirmo o que já declarei em relatório anterior: Genuardi Filippo não tem idéias políticas e muito menos contato com agitadores de qualquer tipo.

Respeitosamente,

Antonio Spinoso
Delegado de Segurança Pública de Vigàta

Acabo de saber, neste exato momento, que Filippo Genuardi, em obediência a uma ordem de S. Exa., o *Prefetto,* foi levado à prisão pelo tenente Lanza-Turò.

Pelo amor de Deus, intervenha!

Os motivos que o levaram à prisão parecem ter sido de natureza política; se é verdade, trata-se de uma acusação que não tem o menor cabimento.

COISAS DITAS Nº 2

A
(*Superintendente de Polícia* — Prefetto)

"Pela enésima vez repito-lhe que se trata de um enorme erro cometido por seu Panza-Burrò, ou sei lá que diabo de nome tem! O Genuardi tem que ser libertado imediatamente!"

"Proíbo-lhe formalmente, senhor Superintendente, de se expressar desse jeito referindo-se ao descendente de uma família de Heróis!"

"Olha, Excelência, até entre os heróis pode haver perfeitos imbecis. A questão não é essa. A questão é que o Genuardi tem que ser libertado antes que a ordem pública seja perturbada por esta prisão injustificada."

"Minha tarefa é também a de mantê-la, a ordem pública! Só que eu tenho a vista mais apurada que a sua. Já vejo o que vai acontecer dentro de alguns meses, se deixar estes tratantes livres para infectar tudo a seu bel-prazer! 12! 72! 49!"

"Explique-se melhor."

"12, revolta! 72, incêndios! 49, homicídios!"

"Veja, senhor *Prefetto*, em princípio o senhor tem toda a razão. Porém, nós, como servidores do Estado, não podemos agir por nossa conta, temos que seguir estritamente as ordens. Estamos de acordo neste sentido?"

"De acordo."

"Até hoje, não nos foi dada ordem alguma de prender imediatamente tais agitadores. Portanto, o senhor, agindo arbitrariamente, coloca-se contra o Estado. Ou seja, coloca-se automaticamente como alguém que vai dar margem aos agitadores.

Não, não me interrompa, eu não sou seu inimigo, tanto que estou aqui para evitar que o senhor dê um passo em falso. O senhor é alguém que vê superlativamente longe, uma águia é míope em comparação com o senhor, mas, neste momento, sua vista está ligeirissimamente ofuscada por uma raiva que é justa, sem dúvida, porém que corre o risco de comprometer..."

"Obrigado. Obrigado. Obrigado. Onde é que eu pus meu lenço?"

"Pegue o meu. Por favor, Excelência, ânimo, não chore."

"É que ao sentir-me tão profundamente compreendido pelo senhor... tão bem entendido... me comove... Muito obrigado, coração generoso!"

"Mas, Excelência, o que está fazendo?!"

"Deixe-me beijar-lhe as mãos!"

"Excelência, o senhor poderá fazer isto mais à vontade, talvez amanhã, tranqüilamente, em sua casa. Mas agora é preciso que mande imediatamente para Vigàta a ordem de libertação."

"Dê-me 24 horas para refletir a respeito."

"Não, isto tem que ser feito imediatamente."

"Posso confiar?"

"Tem minha palavra. Aqui tem minha mão. Oh, meu Deus! Pare de beijá-la, por favor! Chame seu Chefe de Gabinete e diga-lhe..."

"Em um minuto. Está me ocorrendo uma saída magnífica. O senhor acaba de contar-me que na casa da Rua Cavour nº 20 mora a tia de Rosario Garibaldi Bosco?"

"Sim. Uma velhinha de 93 anos."

"Pois bem, caro colega, você me convenceu. Solto o Filippo Genuardi... "

"Graças a Deus!"

"... e mando prender a tia."

B

(Comendador Longhitano — Gegè)

"Seu criado, às ordens, Don Lollò."

"Como vai, Gegè?"

"Don Lollò, acabam de prender Filippo Genuardi. Gente dos carabineiros."

"Está sabendo por quê? "

"Ele estava conspiriando".

"Estava fazendo o quê?"

"Estava conspiriando contra o Estado".

"Conspirando? Pippo Genuardi? Mas se Pippo Genuardi não sabe nem que porra é o Estado!"

"Mas tão dizendo que ele tinha ligação com o Garibaldi."

"Com o Garibaldi?! Mas se o Garibaldi está morto e enterrado, em Caprera[20], há mais de dez anos!"

"Foi o que eu ouvi dizer, Don Lollò."

"Está bem, Gegè, fica na escuta e me faz saber de tudo. Calogerino voltou de Palermo?"

"Voltou, sim, 'tá acabando de chegar. Foi no endereço da Avenida Tukory que Vossência deu, mas não encontrou o corno do Sasà La Ferlita. Os donos da pensão disseram que o Sasà, umas horas antes da chegada do Calogerino, tinha

---

[20] *Caprera*: pequena ilha perto da costa norte-oriental da Sardenha. Foi comprada por Garibaldi em 1854, que para lá se retirou em voluntário exílio, vindo a ser ali sepultado em 1882. (N.T.)

empacotado tudo e tinha se mandado. Calogerino acha que avisaram ele."

"Ah, é isso que o Calogerino acha? Pois talvez não esteja errado. Escuta, amanhã de manhã cedo, você e Calogerino venham cá. Talvez haja uma explicação para não conseguirmos nunca pegar esse filho da puta do Sasà La Ferlita."

C

(*Superintendente de Polícia — Comendador Parrinello*)

"Queria porque queria mandar prender a velhinha! Levei a tarde inteira para dissuadi-lo. Mas não se pode continuar assim, é preciso fazer alguma coisa. Me aflige arruinar a carreira de um homem de bem como o *Preffeto* Marascianno, mas eu tenho que comunicar esta grave situação aos Superiores, meus e dele! Existe o risco de que ele faça alguma coisa de irremediável. Não concorda comigo, Comendador Parrinello?"

"Totalmente, senhor Superintendente, porém meu conselho, já que o senhor o pede, é que espere um pouco ainda."

"Mas, não! Depois do que aconteceu com o Genuardi e que poderia ter acontecido com a velhinha, Marascianno é capaz de dar ordem de prisão à primeira pessoa que passar só por estar usando uma gravata vermelha! E pode vir a acontecer que até eu pague o pato. Não, a esta altura é preciso que haja uma intervenção imediata."

"Senhor Superintendente, eu sugeria que esperasse porque certamente o problema será resolvido por outros e nós não teremos este peso em nossa consciência."

"De que outros está falando?"

"Corrijo-me: é um outro que vai resolver o problema."

"Quem?"

"O *Cavaliere* Artidoro Conigliaro."

"E quem é ele?"

"Como, quem é? O *Sottoprefetto* de Bivona, não se lembra dele?"

"Ah, sim, lembro. E ele teria condição de resolver a situação? Tem certeza?"

"Ponho a mão no fogo, senhor Superintendente."

"Explique-se melhor."

"Veja, Sua Excelência me deu a ler uma carta que enviou oficialmente ao *Sottoprefetto*. Mas só me mostrou depois de tê-la enviado, por isso não pude fazer nada para impedir."

"E o que é que dizia a carta?"

"Enviava um alerta ao *Sottoprefetto*. Advertia da chegada de dois inseminadores que já teriam contaminado a Estação Agrária Experimental existente em Bivona, desencadeando uma epidemia. Chegou até a descrever que aspecto têm os germes da infecção."

"E como é que são?"

"Segundo Sua Excelência, são de cor vermelho vivo e cada um tem mais de 2.000 perninhas, não lembro nem o número exato."

"Deus meu! Mas não pode ocorrer que este *Sottoprefetto*, ao receber a carta, movido pelos mesmos escrúpulos que nós, tranque-a numa gaveta? Você acha que não? E por quê?"

"Porque Artidoro Conigliaro não sabe nem o que significa a palavra *escrúpulos*."

"Então estamos bem! Estamos muito bem!"

"Além disso, se pudesse ver Sua Excelência com a pele arrancada e posto em uma grelha para assar, ele iria dançar de alegria."

"Chega a este ponto? E por quê?"

"Pelas notas de sua avaliação[21]. Sua Excelência Maras-

[21] *Note caratteristiche*: era a avaliação anual por meio de notas que, na administração pública italiana, cada chefia devia atribuir a seus subalternos, segundo seu desempenho e comportamento. Em certos períodos foram usadas para controlar e punir os funcionários de idéias políticas não-ortodoxas. Nos últimos anos foi abolida por ser considerada inconstitucional. (N.T.)

cianno, com certa razão, deu-lhe uma péssima avaliação. Praticamente fodeu — desculpe o palavrão — a carreira dele."

"Então você supõe que..."

"Não suponho, tenho certeza. Sem sombra de dúvida a cópia da carta de Sua Excelência, o *Prefetto*, dentro de alguns dias, acompanhada dos comentários adequados, estará na mesa de Sua Excelência Giovanni Nicotera, Ministro do Interior. Conigliaro não vai deixar de aproveitar esta oportunidade inesperada para vingar-se."

"Bem, se as coisas estão neste pé, malgrado meu, sinto-me mais animado. Estava constrangido de ter que denunciar..."

"Dou-lhe notícia do que vier a acontecer, Senhor superintendente."

D

(*Doutor Zingarella — Taninè — Pippo*)

"Com licença! Estou procurando o Senhor Genuardi, senhora."

"'Tá doente. De cama. Quem é o senhor?"

"Eu sei que está doente. Foi por isso que Caluzzè Figueira, o empregado da loja de seu marido, veio me chamar em meu consultório. Eu sou o Doutor Zingarella."

"Perdão, doutor, com a luz me batendo na cara eu não reconheci o senhor. Entre, entre."

"Onde está nosso doente? "

"No quarto, arriado. Venha, mostro onde é. Pippo, 'tá aqui o doutor Zingarella."

"Bom dia, doutor. Obrigado por ter vindo."

"Sente, sente, doutor."

"Obrigado, senhora. Que foi que aconteceu, senhor Genuardi?"

"No dia seguinte ao dessa desgraçada história, de primeiro me prenderem e depois me soltarem, acordei com febre. Quando foi que me prenderam, Taninè?"

"Como, quando foi? Foi ontem mesmo. Está com a cabeça virada?"

"Perdoe, doutor, me sinto meio esquisito."

"Está bem, não se preocupe, vamos ver com quanto está de febre. Ponha o termômetro sob a axila e sente-se ao mesmo tempo no meio da cama. Assim. Levante a camiseta. Respire fundo... Mais... Diga trinta e três... trinta e três... trinta e três... Abra a boca o mais que puder e mostre-me a língua. Dê-me o termômetro."

"É grave, doutor?"

"Senhora, seu marido está saudável como um peixe, tem um pouquinho de febre, mas acredito que seja devida principalmente à agitação por tudo que lhe fizeram passar."

"Doutor, e estas manchinhas miudinhas, miudinhas, vermelhas, que me saíram pelo corpo todo, o que são? Olha aqui... e aqui..."

"Pippo, isto é sangue estragado."

"Taninè, quem é o médico, você ou o doutor?"

"Senhor Genuardi, na cadeia, em Montelusa, puseram o senhor em uma cela?"

"Sim, colocaram, por algumas horas. Era uma cela vazia, não havia outros prisioneiros."

"Havia algum catre?"

"Havia, sim. E como eu estava com as pernas bambas, me deitei nele."

"E foi sugado pelas pulgas e carrapatos. Comeram o senhor vivo."

"Virge! Que nojo!"

"São coisas que acontecem, senhora. As manchas vão passar por si mesmas."

"E pra febre, o que é que ele tem que tomar?"

"Talvez ela passe também por si mesma. Um pouquinho de camomila, se ele ficar agitado."

"Taninè, quer fazer um cafezinho pro doutor?"

"Não, senhora, não se incomode!"

"Não é incômodo. É num minuto!"

"Olha, doutor, vou aproveitar agora que a patroa saiu. Desde esta manhã, desde o momento que a febre começou, eu não consigo mais me segurar. São dez horas da manhã e eu já dei três."

"Está me dizendo que tem ereções seguidas?"

"Isso, isso mesmo."

"Não te preocupes, é uma reação natural. Falo baixo porque não quero que tua mulher nos ouça. Tu te saíste magnificamente, companheiro. Bravo. Pena que tenhas sido obrigado a revelar-te."

"Desculpe, doutor, mas por que está me tratando por tu?"

"Por que é o costume entre companheiros. Ouve, vou te confiar um segredo. Semana que vem vai chegar, incógnito, Giuffrida De Felice. Tens que encontrar com ele, sem falta. Te avisarei o dia e a hora."

"Ouça, doutor, eu queria dizer que com essa história dos socialistas eu..."

"Aqui está o cafezinho."

"É muita gentileza sua, senhora!"

E

(*Taninè — Don Nenè — Pippo*)

"Papai! Papai! Virgem Santa, que surpresa maravilhosa!"

"Como se sente, Taninè?"

"Agora estou melhor, papai. Entra. Pippo, papai veio ver você!

"Don Nenè, que prazer! Que honra! Esta casa se sente honrada em receber o senhor pela primeira vez!"

"Que é que você tem, Pippo? Passei pelo depósito e Caluzzè me disse que você não estava bem. Que foi que houve?"

"Nada, só um pouco de febre. O médico acaba de sair. Disse que foi por causa do susto que passei."

"Todos nós ficamos muito espantados. E eu vim para lhe pedir desculpas."

"O senhor? A mim? E por quê?"

"Quando me contaram que os carabineiros tinham prendido você, pensei imediatamente que havia cometido alguma besteira grossa. Achava que você era bem capaz disso. E você, ao contrário, não tinha feito nada. Então peço desculpas por ter pensado mal de você."

"Quem disse ao senhor que eu estava tão inocente quanto o Cristo?"

"O delegado Spinoso, que é uma boa pessoa. Me explicou que o tenente dos carabineiros cometeu um equívoco. Prendeu você no lugar de um outro. Mas que é isso, está chorando?"

"Não faz isso, Pippo do meu coração, que você me faz chorar também!"

"Taninè, papai, estou chorando! Estou chorando, sim, papai, o senhor não pode imaginar o que significa estar inocente e ser metido na cadeia!"

"Basta, Pippo, não faça isso comigo. Se Deus quiser, já passou."

"O senhor tem razão, papai. Passou. Permite que o chame de papai?"

"Claro, meu filho. Taninè, assim que o Pippo esteja melhor, venham almoçar em minha casa."

"Papai, como está Lillina?"

"Taninè, que posso dizer? Ultimamente não vem se sentindo muito bem. Amanhã mesmo teria que ir a Fela, pois não agüenta ficar mais de uma semana longe de seu pai e sua mãe. E no entanto me disse que vai adiar a viagem."

"Você também tem que ir a Fela amanhã, não é, Pippo?"

"Sim, Taninè, já tinha dito isso a você. Tinha um encontro marcado com os irmãos Tanterra, para um lote de madeira. Mas, paciência!"

"Bem, então ficamos combinados. Assim que você ficar bom, venham a minha casa. Lillina ficará contente com isso. Está sempre em casa e nunca vai ninguém lá."

"Logo que me sinta com forças, nós iremos."

"Taninè, me leva até a porta?"

[...]

"Taninè, papai foi embora?"

"Sim, Pippo."

"E onde é que você está?"

"Estou na cozinha, Pippo."

"Fazendo o quê?"

"Estou fazendo a comida, Pippo."

"Vem cá, Taninè."

"Pronto, estou aqui. Virge! O que é que está fazendo aí, pelado? Meta-se nos lençóis, você está com febre, Pippo."

"Sim, estou com febre, Taninè, mas deite aqui que eu não estou agüentando mais."

"Virge! Que bicho te mordeu? Desde esta madrugada que você não pára com esse tira-e-bota..."

"Sim... sim... sim... Assim... Assim..."

F

(*Comendador Longhitano — Gegè — Calogerino*)

"Seu criado, às ordens, Don Lollò."

"Saudações, Gegè."

"Sua bênção, Don Lollò."

"Saudações, Calogerino."

"Don Lollò, o povoado inteiro está sabendo por que prenderam Pippo Genuardi e meio dia depois deixaram ele sair."

"Por quê?"

"Dizem que se tratou de um equinócio, por homoninimia."

"Deu pra falar em turco?"

"Com licença, Don Lollò, deixe que eu explico. O que meu amigo Gegè está querendo dizer é que o Pippo Genuardi foi posto nas grades por equívoco, devido a uma homonímia, ou seja, o que acontece quando duas pessoas têm o mesmo nome e há uma confusão de pessoas."

"E o que foi que eu disse? Não foi isso mesmo que eu disse?"

"Então a este senhor Genuardi, primeiro o prendem e em seguida, numa reviravolta, desculpe, estávamos errados, passe bem e obrigado. Não me convence."

"Nem a mim, Don Lollò. No caso de Turri-Druzzo Carlesimo, que também foi preso devido a uma homonímia, a justiça levou sete meses antes de se convencer do equívoco."

"Você tem razão, Calogerino. Mas agora me diga: como foram as coisas em Palermo?"

"Que posso dizer, Don Lollò? Foi exatamente como daquela vez na Praça Dante. Quando eu cheguei, tinha-se mudado 24 horas antes da casa da Avenida Tukory. E ninguém soube me dizer para onde. A mim me parece que estão brincando conosco, como gato e rato."

"Mais uma vez você está certo, Calogerino. E olhe, a meu ver os gatos são dois, Sasà e Pippo, que me dão informações extemporâneas. Em outras palavras, Pippo me diz onde está Sasà e ao mesmo tempo avisa a Sasà para que escape. Você chega e não acha porra nenhuma mais."

"Então, melhor eu abrir a barriga deste Pippo, como a um peixe."

"Espera, Calogerino, não se precipite. Estou ficando convencido de que Pippo age assim não para salvar o Sasà, mas para me foder."

"Não entendi, Don Lollò."

"Entendo eu, Calogerino. Filippo Genuardi deve ser um calhorda, um espião mancomunado com os carabineiros."

"Mas se foram os carabineiros mesmos que prenderam ele!"

"Gegè, você, para dizer besteiras, é o máximo! Os carabineiros o prenderam para que todos soubessem que ele foi preso, mas isto certamente é cortina de fumaça, é só uma encenação. A verdade é que os carabineiros queriam conversar com ele a sós, sem serem perturbados. Para montar uma armadilha, uma cilada para mim."

"E como?"

"Calogerino, na primeira vez que você foi a Palermo, você encontrou o Sasà?"

"Não, senhor."

"E na segunda?"

"Também não."

"E na próxima, quando Pippo Genuardi me der o terceiro endereço, você irá a Palermo e..."

"... e não vou encontrar o cara."

"Vai encontrar, sim. E o que é que você vai fazer? Atirar nele ou degolá-lo?"

"Depende, Don Lollò, depende do lugar, das pessoas, da distância... Se for preciso uso só as mãos."

"Em suma, você faz seu serviço, ou pelo menos começa a fazer, e neste momento, de repente, chegam os carabineiros e algemam você. E como eles sabem que você trabalha para mim..."

"O grandecíssimo filho da mãe! Corto ele em pedacinhos a machadadas, como porco que é!"

"Calma, Calogerino. Você tem que confiar em mim, sou mais esperto que um Filippo Genuardi qualquer deste mundo. Esta partida sou eu que vou jogar com ele, em primeira pessoa."

COISAS ESCRITAS Nº 3

MINISTÉRIO DOS CORREIOS
E TELÉGRAFOS
Escritório Regional — Rua Ruggero Settimo, 32 — Palermo

Ilmo. Sr.
Filippo Genuardi
Rua Cavour nº 20
Vigàta

Palermo, 19 de dezembro de 1891

Caro Amigo,

Tenho uma boa notícia a dar-lhe. Atendendo a insistentes pedidos de meu amigo Orazio Rusotto, venho, por minha vez, exercendo a devida pressão sobre meus subordinados no sentido de acelerar o encaminhamento da solicitação que lhe diz respeito. Com isso conseguimos todas as informações e documentos que nos interessavam.

Portanto, já dei minha aprovação para as providências seguintes, que antecedem o pedido oficial a ser apresentado a Sua Exa., o ministro. Na primeira década de janeiro do próximo ano enviarei a Vigàta o perito Agostino Pulitanò, que aí ficará por, pelo menos, uma semana para levar a cabo o projeto de implantação dos postes telefônicos.

Como já tive ocasião de escrever-lhe, o perito Pulitanò fica totalmente a seu encargo no que diz respeito à viagem de ida e volta Palermo–Vigàta, além das despesas de estadia e alimentação de praxe. Destas suas despesas o perito passará recibo, como lhe compete, dando-lhe das mesmas total quitação.

Aproveito a oportunidade para desejar-lhe um Feliz Natal e um bom Ano-Novo. Apresente minhas respeitosas saudações ao Comendador Longhitano.

Seu

Ignazio Caltabiano
Ministério dos Correios e Telégrafos
Diretor do Escritório Regional

P. S. As lagostas de Vigàta que o senhor teve a bondade de enviar-me estavam magníficas! Continuo invejando o perito Pulitanò pela semana que passará em Vigàta.

Pippo meu amor adorado,

alegria de meu coração Pippinho adorado penso em ti de noite e de dia e penso em ti até no dia seguinte e até no dia que vem depois dele você não pode nem entender quanta falta você me faz meu Pippinho adorado a cada ora que sei eu a cada minuto que pasa do dia porque não poço te abraçar bem apertado e sentir tua boca sobre a minha as coisas meu Pippinho que aconteceram contigo acabando na cadeia junto com bandidos me deram febre a ponto de me saí manchas na cara e fiquei agoniada porque não entendia nada que tava acontecendo tremia toda parecia que ia fica louca de noite a cama parecia que tava pegando fogo não pegava no sono depois sobe que você tinha caido com febre por causa de todas as coisas que você sofreu inocente como Cristo e por causa disso ficamos sem poder encontrar e então Pippinho minha alma quando é que vamos poder nos ver de novo para pasar umas oras abraçados bem agarradinhos pasar algum momento de felicidade que tu sabe que minha vida sem você é como noite sem lua dia sem sol porque tem noite que me dá um susto quando ele fica com tesão e vem me procura pra fazer coisas comigo que sou sua mulher e como e muito velho não consegue e fica querendo e me pega e me obriga a fazer coisas que me dão vergonha coisas sujas que nem se eu fose uma puta coisas tão feias que não consigo nem dizer mas porém que só consigo fazer pensando que é você que tá ali Pipinno adorado e aí fica quase facil e consigo dar a ele toda satisfação que vem buscar em mim Pippo minha vida é assim espero que tu consiga receber ese meu bilhete que diz que eu penso em você e espero combinar o mais cedo posivel que a gente poça se ver da maneira de sempre pensa em mim como eu penso em ti a cada minuto beijos beijos beijos beijos be....

Ilustre
Sr. Filippo Genuardi
Rua Cavour nº 20
Vigàta

Palermo, 20 de dezembro de 1891

Caríssimo Pippo,

Há muito que não nos vemos. Por causa do trabalho, não pude me afastar de Palermo durante quatro meses seguidos e acho que não dará para voltar a Vigàta nem por ocasião do Natal para passar as Festas Santas com minha mãe.

A razão desta carta, caríssimo Pippo, é tentar — e digo isso desde logo com aquela lealdade que sempre caracterizou nossa amizade — uma mediação reconciliatória. E sinto-me na obrigação de assinalar que a iniciativa é totalmente minha e somente minha.

Passo ao ponto central da questão. Encontrei, por completo acaso, nosso comum amigo Sasà La Ferlita. Conversando de tudo e de nada, mencionei seu nome. Percebi em Sasà uma espécie de rigidez que deveria ter-me desaconselhado aprofundar a respeito. Mas eu, ao contrário, em nome da amizade que nos uniu (lembra-se de que nos chamavam "os três mosqueteiros"), submeti o coitado do Sasà a um interrogatório digno de um delegado da Segurança Pública. Daí veio à tona uma história que da qual não entendi nada, até porque o Sasà se mostrava bastante reticente, respondendo quase sempre com resmungos incompreensíveis.

Porém entendi uma coisa, de que fiquei absolutamente convicto: ele espera de sua parte apenas um sinal, mesmo que mínimo, para jogar-se em seus braços e renovar, com o mesmo afeto de antes, a antiga amizade de vocês.

Sasà La Ferlita mora em Palermo, na Travessa delle Croci nº 5, casa da família Panarello.

Fez-me jurar que nunca revelaria a você este endereço. Se estou cometendo perjúrio é porque acho que uma amizade é a coisa mais preciosa do mundo e por ela vale a pena sacrificar tudo.

Por que não lhe manda um bilhetinho com votos de Boas-Festas por ocasião do Natal? Bastam os votos e sua assinatura. Você não se compromete e terá ocasião de ver como Sasà vai reagir.

Um abraço, com a fraternidade de sempre, de

Angelo Guttadauro

Meu endereço é Rua Clemente Capodirù nº 87, Palermo.

COMANDO DOS REAIS CARABINEIROS DE VIGÀTA

A Sua Excelência,
o Prefetto *de Montelusa*

Vigàta, 4 de janeiro de 1892

Assunto: *Genuardi Filippo*

Excelência!

Sinto-me na obrigação de informar a Vossa Excelência a respeito do andamento das investigações realizadas por este Comando com relação ao nome supracitado, embora ele tenha sido liberado por ordem de Sua Excelência.

Afirmamos em nosso relatório anterior, datado de 2 de novembro do ano findo, que, nos dias 20 de janeiro e 14 de março de 1891, três perigosos agitadores socialistas (Rosario Garibaldi Bosco, Carlo Dell'Avalle e Alfredo Casati) tinham ido à Rua Cavour nº 20 para uma reunião secreta com o elemento supracitado, cuja mãe, na época, morava no referido endereço.

O Delegado de Segurança Pública de Vigàta discordou enfaticamente de nossa hipótese (uso tal termo por diplomática virtude, embora se trate de notória realidade). Ele afirmou que, no andar abaixo do que era ocupado pela Senhora Edelmira Posacane, hoje falecida e mãe da pessoa supra-referida, morava a Senhora Antonietta Verderame, tia materna do citado Rosario Garibaldi Bosco.

Este Comando tem condições de provar que no dia 20 de janeiro de 1891 a Senhora Antonietta Verderame não poderia de modo algum encontrar-se na casa da Rua Cavour nº 20 porque estava já internada, desde o dia 15 de mesmo mês, no Hospital Municipal de Montelusa por ter tido um ataque de *angina pectoris*. A internação da Senhora Verderame no referido hospital perdurou até a primeira década de fevereiro.

Se, como fica assim comprovado, a tia do Garibaldi Bosco estava forçosamente ausente, com quem os três agitadores teriam *realmente* tido contato na casa de Vigàta situada na Rua Cavour nº 20? A resposta é evidente.

Com meus respeitos,

Tenente Gesualdo Lanza-Turò
Comandante dos Reais Carabineiros

Ilustre
Sr. Filippo Genuardi
Rua Cavour nº 20
Vigàta

Palermo, 4 de janeiro de 1892

Caríssimo Pippo,

Como você me pediu em sua carta de 27 de dezembro do ano passado (a propósito, agradeço os votos enviados que, de minha parte, retribuo de coração), na manhã de 31 de dezembro, depois de ter comprado na Vuccirìa[22] cinco lagostas de segunda, fui até a Administração dos Correios e Telégrafos da Avenida Tukory para entregá-las, como você me recomendou, ao doutor Ignazio Caltabiano.

Tendo esquecido que dia 31 era meio expediente, encontrei os escritórios já vazios, mas um zelador, por uma gorjeta, me deu o endereço da casa do doutor Caltabiano. O doutor mostrou-se muito grato pelas lagostas (que devido a esse contratempo já estavam começando a cheirar mal) e pelo incômodo que você me havia causado. Estava contente de que tivesse ido procurá-lo em casa e não no escritório, porque assim, como me disse, pôde falar comigo com maior liberdade, sem temer ouvidos indiscretos.

Vou tentar reproduzir da maneira mais fiel possível o que ele me disse.

---

22 *Vuccirìa*: A feira mais conhecida de Palermo. Foi imortalizada no célebre quadro do pintor Renato Guttuso (1912-1987).

Parece que a Administração dos Correios e Telégrafos, antes de dar prosseguimento às providências relativas à concessão de uma linha telefônica privada, tem obrigação de juntar atestados confidenciais sobre a conduta moral e política do requerente. Em resposta ao que lhe foi pedido, a Delegacia de Segurança Pública de Vigàta enviou uma informação de que nada constava de desabonador contra você. Respaldado nisso, o doutor Caltabiano sentiu-se na obrigação de escrever-lhe que estava tudo bem. No entanto, no dia seguinte ao envio desta carta reasseguradora, chegou-lhe às mãos inesperadamente, já que não havia sido solicitada, uma outra informação, da parte do Comando dos Reais Carabineiros de Vigàta, em que se declarava — o doutor Caltabiano pediu-me que transcrevesse literalmente — que, "estando ainda em curso investigações especiais sobre as atividades políticas do Genuardi, a prudência nos obriga a suspender, por enquanto, os encaminhamentos para a concessão governamental".

O doutor Caltabiano não poderia em absoluto ignorar a comunicação do comando de Vigàta. Felizmente conseguiu ainda evitar que a carta fosse protocolada. Se o fosse, a informação passaria a ter cunho oficial, ao passo que, na situação atual, o doutor Caltabiano poderia ainda afirmar não tê-la nunca recebido. E portanto dar curso ao processo, baseando-se apenas nas informações da Delegacia de Segurança Pública.

Porém, para correr tal risco, o doutor Caltabiano me disse explicitamente que é indispensável que tenha as costas não só resguardadas, mas muito bem *escudadas*. Aconselha a que você fale seriamente a este respeito com o Comendador Longhitano, a fim de que ele, em comum acordo com seu amigo Orazio Rusotto — momentaneamente encarcerado na prisão de Ucciardone[23], o que não chega a constituir um obs-

[23] *Ucciardone*: prisão de segurança máxima de Palermo, por onde passaram muitos famosos chefes da máfia. (N.T.)

táculo —, estabeleça uma linha de conduta que o doutor Caltabiano seguirá fielmente.

Espera, pois, uma resposta, *não* por escrito.

É o que tenho a dizer. E por minha vez pergunto-lhe: que porra tem você que fazer com política? Não acha que é um caminho perigoso? Mantenho inalterada minha amizade por você mesmo que venha a pôr fogo nas *prefetturas*, mas você deve levar em conta que eu sou um Funcionário graduado do governo e como tal com obrigações bem-definidas.

Peço-lhe, pois, que não use meus serviços para atos de corrupção ou para manter contatos com gente que me parece abertamente pouco recomendável.

Um abraço,

Angelo Guttadauro

Mandou o bilhetinho com votos de Boas-Festas para o Sasà La Ferlita? Se ainda não o fez, faça.

REAL *PREFETTURA* DE MONTELUSA
Chefia de Gabinete

Ao Ilustríssimo Superintendente
de Polícia de Montelusa

Montelusa, 6 de janeiro de 1892

Senhor Superintendente,

Sinto-me na obrigação, realmente desagradável, de informar a Vossa Senhoria que Sua Exa., o *Prefetto* Vitorio Marascianno, ontem à tarde, ao sair de seus aposentos, situados no último andar desta *Prefettura*, para ir a seu gabinete no andar de baixo, infelizmente escorregou e caiu, aos trambolhões, por dois lances de escada.

Em virtude desta terrível queda, Sua Exa. está sem poder falar (quebrou molares, caninos e incisivos), sem poder escrever (fraturou o braço direito), sem poder andar (por ruptura dos dois fêmures). Sua Exa. está internado no Hospital Municipal de Montelusa, onde vou diariamente vê-lo.

Por despacho urgente de Sua Exa., o ministro Nicotera fui nomeado para exercer interinamente suas funções, à espera de que Sua Exa. se restabeleça.

Aproveito a oportunidade para informar a Vossa Senhoria que recebi um relatório complementar do tenente dos Reais Carabineiros Lanza-Turò referente a Filippo Genuardi. Permito-me anexá-lo.

Na qualidade de chefe interino, enviei ao tenente Lanza-Turò uma comunicação oficial por meio da qual o aconselho enfaticamente a não se ocupar mais do assunto. Mas julgo que sua obstinação e, principalmente, tudo que fica visível em seu relatório podem dar lugar a convicções errôneas ou maléficas suposições.

Poderia Vossa Senhoria pedir investigações suplementares a seu subordinado, o Delegado de Segurança Pública de Vigàta?

Ainda no dia de ontem, outro despacho ministerial registrava a iminente chegada de um inspetor, na pessoa de Sua Exa., Carlo Colombotto-Rosso, *Prefetto* em disponibilidade: já não lhe tinha expressado minha certeza de que o *Sottoprefetto* de Bivona estaria aproveitando a ocasião para fazer Sua Exa. Marascianno ficar malvisto pelo Ministério? Creia-me mais uma vez seu devoto servidor.

Por Sua Exa., o *Prefetto*

Corrado Parrinello

Prezadíssimo
Sr. Emanuele Schilirò
Em mãos

Vigàta, 8 de janeiro de 1892

Perdoe-me se lhe envio esta carta por meio de Caluzzè em vez de ir lhe falar pessoalmente, mas descobri que as palavras (o que se manda dizer) freqüentemente têm o feio hábito de embaralhar-se entre si e, por tal, uma pessoa pode ficar persuadida de ter entendido coisas que a outra pessoa nunca sonhou sequer dizer.

O senhor deve estar sabendo que há algum tempo apresentei um requerimento pedindo a concessão governamental de uma linha telefônica para uso particular.

A Administração dos Correios e Telégrafos de Palermo acaba de me comunicar que o processo está tendo bom andamento, apesar de uma única dificuldade, que é coisa de menor monta.

Entre os documentos que a administração me pediu deve constar uma declaração de aceitação e consentimento por parte da pessoa com a qual eu desejo ter ligada a linha. Esta pessoa é o senhor.

Vou explicar. Tenho a intenção de ampliar o depósito e a minha atividade comercial (a este propósito sua filha Taninè lhe falará o mais breve possível). E portanto ser-me-ão indispensáveis seu apoio e sua ajuda para todo o negócio a que vou dar início.

Órfão de pai e mãe como sou, a quem posso dirigir-me senão ao senhor que comigo tem sabido ser ora compreensivo, ora severo como às vezes mereço?

Minha intenção seria de fazer com que a linha fosse colocada de meu depósito a sua casa, onde o senhor tem já uma linha telefônica para uso comercial que lhe permite falar com sua mina. A coisa, portanto, não lhe causaria maiores transtornos.

Posso contar com sua condescendente generosidade?

É preciso que sua assinatura tenha a firma reconhecida em cartório, mas isto eu mesmo posso fazer.

Seja qual for sua resposta, desejo de qualquer forma agradecer-lhe a belíssima vigília de Natal que passamos em sua casa, sua filha e eu, inclusive em virtude da sensibilidade e cortesia de sua senhora Lillina. Sei que no repicar dos sinos de meia-noite chamando para a Santa Missa eu me entreguei a um choro incontrolável, mas foi porque me lembrei de meus queridos defuntos. Durante anos e anos sentia-me ansioso por poder reencontrar aquele cálido e confortador amor de família do qual minha juventude foi cercada. Cujo valor, na época, eu, leviano!, desconhecia.

Porém naquela noite, enquanto nascia o Menino Jesus, seu benévolo sorriso, as atenções da senhora Lillina, a emoção de minha mulher Taninè derrubaram as represas de minha resistência. E com isso deixei-me levar pela onda das lembranças e saudades.

A aceitação da linha telefônica deve ser-me enviada no prazo máximo de seis dias. Permite-me abraçá-lo, Papai?

Pippo

REAL SUPERINTENDÊNCIA
DE POLÍCIA DE MONTELUSA
O Superintendente de Polícia

Ao Tenente Gesualdo Lanza-Turò
Comandante dos Reais Carabineiros de Vigàta

Montelusa, 13 de janeiro de 1892

O Comendador Corrado Parrinello, respondendo interinamente como *Prefetto* de Montelusa, gentilmente me remeteu cópia de seu último relatório, fruto de sua iniciativa pessoal e referente ao senhor Filippo Genuardi, comerciante de Vigàta.

Neste relatório este senhor assume posição de total desacordo em relação às conclusões do relatório que me foi enviado pela Delegacia de Segurança Pública de Vigàta. A pedido explícito do Comendador Parrinello e por necessidade pessoal de certeza, solicitei investigações complementares ao Delegado de Segurança Pública de Vigàta, Antonio Spinoso, advertindo-o, inclusive, das gravíssimas sanções a que estaria sujeito no caso de se verificarem, em seu relatório, argumentações falaciosas ou deduções meramente aproximativas.

Transcrevo-lhe, sem qualquer comentário, o relatório que me foi enviado pelo Delegado Spinoso e pelo qual assume total responsabilidade.

"Segundo relatório redigido pelo policial Mortillaro Felice, que havia recebido a incumbência de seguir discretamente os passos dos três agitadores (Rosario Garibaldi Bosco, Carlo Dell'Avalle e Alfredo Casati) durante sua permanência em Vigàta, registra-se que eles, às doze horas do dia 20 de janeiro do ano passado, chegaram juntos ao prédio da Rua Cavour assinalado com o número nº 20 (vinte). Nessa data a Senhora Antonietta Verderame, tia materna de Rosario Garibaldi Bosco, moradora no prédio, encontrava-se ausente por estar internada no Hospital Municipal de Montelusa. Ignorando tal fato, o Garibaldi Bosco pôs-se a bater seguidamente à porta da Sra. Verderame sem receber qualquer resposta. Atraída pelo barulho (segundo depoimento dado por ela ao policial Mortillaro, que a interrogou a respeito), a Senhora Edelmira Posacane, mãe de Filippo Genuardi, abriu a porta de sua casa e perguntou a razão de tal baderna no andar de baixo. Em resposta, um homem alto, gordo, barbudo, com forte sotaque da Catânia, com uma cicatriz no nariz (não há quem não veja aí os traços característicos do Garibaldi Bosco) tranqüilizou a Senhora Posacane, dizendo ter ido visitar a Senhora Antonietta Verderame. A Senhora Posacane o informou da repentina internação no Hospital de Montelusa e por isso os três, depois de agradecer e cumprimentar, se afastaram."

O senhor tem algo mais em contrário a esta minuciosa reconstrução dos fatos? Por dever de lealdade advirto-o de que informei seu superior, o general Carlo Alberto di Saint-Pierre, Comandante da Real Arma dos Carabineiros da Sicília, acerca de sua inexplicável perseguição (pois não se pode definir de outro modo) a um cidadão comum como o Genuardi.

Monterchi
Superintendente de Polícia

COISAS DITAS Nº 3

A
(*Comendador Longhitano — Pippo*)

"Comendador Longhitano! Bons olhos o vejam! O senhor está com uma aparência ótima! Procurei o senhor antes do Natal para apresentar-lhe meus devidos votos, porém me disseram que estaria longe de Vigàta até os primeiros dias de janeiro."

"Fui a Montelusa, à casa de meu irmão, aquele em quem seu amigo Sasà La Ferlita deu um calote de 2.000 liras, e lá passei as Festas."

"Comendador, já que tive o prazer de encontrá-lo, queria pedir-lhe um favor."

"Se estiver a meu alcance, estou a seu dispor, meu caro Genuardi."

"Antes de mais nada devo-lhe um agradecimento pelo profundo interesse demonstrado pelo advogado Orazio Rusotto, atendendo a um pedido seu, nos meses passados, em relação a minha solicitação em curso na Administração dos Correios e..."

"Ah! Orazio se interessou?"

"Sim, claro que se interessou. Fui disto informado pelo Senhor Caltabiano, o diretor, que, entre outras coisas, manda-lhe suas saudações."

"Obrigado. Retribua. Fez bem em dizer-me que Orazio Rusotto se interessou, assim, logo que se me apresente a ocasião pago-lhe esta dívida."

"A dívida é minha, Don Lollò."

"Com o Rusotto?! Com Orazio Rusotto o senhor não tem dívida alguma! Não façamos confusão. Sou eu que tenho uma dívida para com o Rusotto e, quanto ao senhor, sua dívida é para comigo. Certo?"

"Certíssimo."

"E qual era o favor?"

"É o seguinte: surgiu um obstáculo que pode retardar a concessão do telefone. O senhor sabe que eu fui preso, por equívoco, pelos carabineiros de Vigàta."

"Sim, eu soube, e lamentei muito."

"Quanto a isso, não tenho a menor dúvida. Agora, para conseguir esta bendita concessão, é preciso que as informações a meu respeito, dadas pelos carabineiros e pela Segurança Pública, não acusem nada de negativo."

"Quanto aos carabineiros podemos ficar tranqüilos."

"Por que diz isto, Comendador? Está me gozando?"

"Não há gozação alguma. Pode crer. Achei que os carabineiros, até para compensar o mau pedaço que o fizeram passar..."

"Que o quê! Justo o contrário. Escreveram ao diretor Caltabiano que, como ainda estão realizando investigações a meu respeito, por enquanto nem se deve falar em telefone."

"Mas o que está me dizendo! Isto é coisa de loucos! Não dá nem para crer! Os carabineiros cometerem semelhante desacato para com uma pessoa impoluta como o senhor!"

"Comendador..."

"O que é que há? Por que me olha desse jeito?"

"Comendador, o senhor está me fazendo suar frio."

"E por quê?"

"Ora! Não sei, mas percebo em sua voz um certo tom de gozação, de deboche..."

"Mas que idéia é essa! Primeiro, estou resfriado, com um pouquinho de coriza, porque peguei frio e por isso minha voz ficou como está; *in secundis*, eu não caçôo das desgraças que acontecem com os outros. Mijo dentro do penico, senhor Genuardi! O que quer de mim?"

"Me perdoe. O doutor Caltabiano, por intermédio de um amigo, mandou me dizer que na ocasião conseguiu não fazer protocolar o relatório negativo dos carabineiros."

"Ah."

"E que, não estando protocolado, ele, Caltabiano, poderia fazê-lo desaparecer, dizendo não tê-lo nunca recebido."

"Ah."

"E poderia dar curso ao requerimento baseando-se apenas no relatório da Segurança Pública, que é, ao contrário, positivo."

"Ah."

"E assim a questão estaria facilmente resolvida."

"Ah!"

"Mas o doutor Caltabiano me fez ver que com isso a questão pode se tornar bastante perigosa para ele."

"Ah."

"E por conseguinte ele, doutor Caltabiano, para fazer isso precisa ter as costas bem escudadas — foi exatamente assim que disse."

"Ah."

"Comendador, o senhor fica só dizendo 'Ah' e mais nada?"

"E o que quer que eu diga? Não me lembro mais se eu o tratava por você ou por senhor!"

"Trate-me por você! O senhor para mim é como um pai!"

"Neste caso, a coisa engrossa."

"Compreendo isto muito bem."

"Veja, Orazio Rusotto tem costas largas, larguíssimas, pode cobrir meia Palermo, se quiser, inclusive o Caltabiano! Mas não é esta a questão."

"E qual é?"

"É que minha dívida para com o Orazio Rusotto aumenta e, por conseguinte, aumenta sua dívida para comigo. Mas veja, minha dívida para com Orazio Rusotto eu posso saldar a qualquer momento, não só até o último centavo como incluindo juros. A pergunta que fica é a seguinte: e você, está em condições de fazer o mesmo comigo? Tem essa possibilidade? Tenha cuidado com a resposta."

"Eu pago."

"Posso confiar em sua palavra? Porque não me parece que até este momento você..."

"Que queixa tem o senhor de mim?"

"Por exemplo, você não tem correspondido à altura, não tem se empenhado suficientemente em relação a uma coisa que deveria fazer por mim."

"Comendador, o senhor está me deixando realmente nervoso. Tenho certeza de que não estou em falta com o senhor. Explique-se melhor, por favor."

"Pois bem, vou falar claro, mas não se cague de medo. Estou ficando convencido de que você e Sasà La Ferlita se mancomunaram para me fazer de imbecil."

"Minha Nossa Senhora! Estou sufocando! Meu Deus, que pancada! Minha cabeça está pegando fogo! Estou perdido!"

"Acho melhor não fazer encenação pra mim."

"Que encenação, que nada! Dizendo o que disse o senhor está me fazendo levar um golpe, está me trazendo o sangue à boca! Eu, mancomunado com Sasà! Desculpe, mas preciso sentar, estou com as pernas bambas! Mas como é que uma idéia dessas pode lhe passar pela cabeça! Eu, mancomunado com Sasà! Se por duas vezes eu lhe dei o endereço daquele corno!"

"E por duas vezes, nos endereços dados, ele não foi encontrado! Acabava sempre de se mudar naquele instante! O que não deixa de ser uma curiosa coincidência!"

"Mas, Santo Deus, que vantagem teria eu com isso?"

"Você que se foda."

"Então o senhor acha que com uma mão lhe forneço o endereço de Sasà e com a outra aviso Sasà para que mude imediatamente de casa? Será que estou entendendo bem?"

"Entendeu muito bem."

"Virgem Santíssima! Fiquei com falta de ar! Estou como um peixe fora d'água!"

"Se é assim, para acabar com esta situação vamos fazer o seguinte: você me descobre o novo endereço de seu amigo Sasà e eu mando um de meus homens procurá-lo em Palermo. Se meu homem não o encontrar e lhe disserem que o contador acaba de se mudar, você pode ir mandando tirar as medidas para seu caixão."

"Estou com o novo endereço do Sasà aqui no bolso. Mas, se me permite, não vou lhe entregar ainda."

"A pele é sua, meu filho."

"Não o entrego porque antes quero ter certeza de que é este mesmo. Mas o senhor deve deixar de lado esta idéia infundada, de que eu esteja mancomunado com Sasá. Antes de lhe dar o endereço quero estar seguro de que seja exatamente este."

"De minha parte, estou pronto a reconhecer que me enganei. Ou melhor, vou fazer o seguinte: vou entrar imediatamente em contato com Orazio Rusotto. Dou crédito a você."

"Mas eu ouvi dizer que no momento o advogado Rusotto está preso na Ucciardone."

"E daí? Isto não quer dizer nada. O Orazio entra e sai da Ucciardone. Não tem problema. E, além disso, Orazio Rusotto tem o dom da ubiqüidade."

"Não entendi."

"Ter ubiqüidade significa que Orazio pode estar ao mesmo tempo em dois lugares diferentes. Alguém afirma que na noite do dia tal ele, por acaso, se encontrava em Messina? Pois cem outras pessoas poderiam testemunhar que nesta mesma noite Orazio estava, ao contrário, em Trapani. Está explicado?"

B
(*Taninè — Don Pirrotta*)

"Há quanto tempo você não se confessa, Taninè?"

"Desde que me casei, Don Pirrotta."

"Tanto tempo assim? E por quê?"

"Ora! Pra falar a verdade, não sei. Parece que o casamento me desviou."

"Mas que espécie de raciocínio é este? O casamento é um sacramento! Como pode um sacramento desviar dos demais sacramentos?"

"Tem razão, senhor. Então talvez seja porque meu marido não se importa com isto."

"Seu marido lhe diz para não vir à igreja?"

"Não senhor, ele não diz nem *a* nem *b*.Mas uma vez, quando eu estava saindo de casa pra vir à igreja, ele desatou a rir e me disse: 'Vem cá que te dou os sacramentos que você precisa.' E me levou pro quarto. E aí eu acabei esquecendo."

"Blasflemador! Herege! Seu marido vai queimar no fogo do inferno, com roupa e tudo! O povo tem razão quando diz o que diz de seu marido Pippo!"

"E o que é que dizem do Pippo no povoado, padre Pirrotta?"

"Dizem que é partidário dos socialistas! Como os piores ateus!"

"Padrinho, não fique acreditando nas más línguas!"

"Tudo bem. Mas quando você me conta as coisas que está acabando de me contar..."

"'Tava brincando, padre Pirrotta."

"Você cumpre com seus deveres conjugais?"

"Ah... Sei lá... Que é que o senhor quer dizer com isso?"

"Vocês fazem o que fazem marido e mulher?"

"Não deixamos de fazer."

"E com freqüência?"

"Três... quatro vezes."

"Por semana?"

"Tá brincando? Por dia, padrinho."

"Filho de Satanás, está possuído pelo demônio! Pobre Taninè!"

"Por que pobre? Eu gosto, e muito."

"Que foi que você disse?!"

"Que eu gosto."

"Taninè, está querendo perder sua alma? Não deve gostar disso!"

"Mas, se eu gosto, que é que eu vou fazer?"

"Deve fazer um esforço para não gostar! Ter prazer não é coisa de mulher honesta! Você deve fazer as coisas com seu marido somente com a intenção de ter filhos. Vocês têm garotinhos?"

"Não senhor, não vieram, mas nós queremos ter."

"Ouça, Taninè, quando estiver fazendo a coisa com seu marido vá repetindo mentalmente: 'Não faço isto para prazer meu, mas para dar um filho a Deus.' Entendeu? A mulher, a esposa, não deve experimentar prazer porque senão a relação com o marido muda de imediato e se torna um pecado mortal. A mulher não deve gozar, ela deve procriar."

"Padre Pirrotta, essa coisa que o senhor disse eu não consigo dizer."

"E por que, minha boa mulher?"

"Porque seria um falso, uma mentira que eu estaria dizendo a meu santo Senhorzinho. Até quando Pippo se coloca atrás de mim..."

"Mas, não! Isto é um pecado! A Igreja considera pecado fazer com o homem se pondo atrás, apesar de os filhos poderem nascer do mesmo jeito."

"Padrinho, mas o que está me dizendo? E desde quando?! No lugar em que ele mete não nascem filhos!"

"Santa Mãe de Deus! Está me dizendo que o faz pelo outro buraco?"

"Mas que buraco nem mané buraco, padrinho! "

"Socialista é socialista, tal como é verdade que Deus existe!"

"Padrinho, mas o que é que o socialismo tem a ver com o buraco, como diz o senhor?"

"Tem muito a ver! Tem tudo, tudo a ver! Meter no outro buraco é contra a natureza! E o socialismo também é contra a natureza!"

C

(Pippo — Comendador Longhitano — Calogerino)

"Comendador, perdoe-me se venho molestar o senhor em casa, mas não pude agüentar."

"Aconteceu algo?"

"Aconteceu! Esta manhã recebi uma carta do senhor Caltabiano na qual me comunica que quanto antes envia um perito de Palermo para verificar as obras por fazer."

"Isso significa que Orazio Rusotto cumpriu com seu dever e resolveu o problema. E que, portanto, minha dívida com ele aumenta."

"E eu vim exatamente pagar minha dívida com o senhor. Tenho o verdadeiro endereço de Sasà La Ferlita."

"Como foi que ficou sabendo que desta vez é o verdadeiro? Eu estava lhe tratando por você ou por senhor?"

"Por você, Don Lollò. O endereço me foi enviado, sem que Sasà soubesse de nada, por um amigo comum. Trouxe aqui a carta. Veja, por favor. Viu? Pois bem. Para confirmar o endereço, outro dia fui à *prefettura* de Montelusa, onde trabalha um irmão de Sasà. Disse-lhe que queria fazer as pazes com Sasà, ele acreditou e me confirmou seu endereço. Portanto, duas pessoas, sem que uma soubesse da outra, me disseram a mesmíssima coisa."

"Então, este endereço deve ser o verdadeiro?"

"Travessa delle Croci nº 5, casa da família Panarello. Como vê, consegui pagar minha dívida com o senhor."

"Pippinho, não se precipite."

"Não está paga?!"

"Pagou apenas em palavras. Só estará realmente paga depois que eu tiver encontrado aquele grandecíssimo filho da puta."

"Dessa vez pega ele, é tão certo quanto a morte. A propósito, se pegar ele, que é que o senhor vai fazer?"

"Por que depois da palavra "morte" você disse "a propósito"? Que porra está lhe passando pela cabeça?"

"Don Lollò, me perdoe. Sinceramente, não estava pensando nada. Mas como, apesar de tudo, o Sasà é meu amigo..."

"Pippinho, vamos falar claro. Você me vendeu o Sasà, e eu o comprei de você. Certo?"

"Certo, Don Lollò."

"Agora, se eu compro uma coisa, a coisa é minha e eu faço com ela o que me der na veneta. Certo?"

"Certo, Don Lollò."

"Não se esqueça disso, Pippinho. Passar bem."

"Meus respeitos, Don Lollò."

[...]

"Calogerino! Vem cá!"

"Estou aqui, Don Lollò."

"Você ouviu tudo?"

"Ouvi. Travessa delle Croci, cinco, casa dos Panarello. Estou partindo agora mesmo pra Palermo."

"Não."

"Não devo partir?"

"Não, não vamos repetir a besteira que fizemos. Se é verdade o que penso, Pippo Genuardi neste exato momento está avisando Sasà, talvez por um telegrama, e ele muda novamente de casa. Desta vez você vai deixar passar uns dez dias, como que por esquecimento, e depois aparece na Travessa delle Croci. Se não encontrar ele lá, dê uma passada pela Avenida Tukory e, se também não estiver lá, vá ver na Praça Dante. Em outras palavras, você faz o caminho às avessas, por todas as casas em que ele esteve."

"Don Lollò, o senhor tem uma cabeça e tanto! E se eu encontro ele, o que é que eu faço?"

"Corte-lhe a cara. Basta isso."

"Mas já que eu estou lá..."

"Não, Calogerino. Temo por Pippo Genuardi. Se ele souber que Sasà La Ferlita foi morto, é capaz de ficar com remorsos e cometer uma loucura."

D
(*Superintendente de Polícia — Delegado*)

"Muito obrigado, delegado, por este seu exaustivo relatório sobre a situação do porto de Vigàta. Não deixarei de levar isto na devida conta. Se não tem nada mais, pode ir. Mas vejo que o senhor hesita. Tem algo mais a me dizer?"

"Senhor Superintendente, se falo, é só para prevenir. Veja, surgiram no povoado uns rumores..."

"Como?"

"Um boato, senhor Superintendente. Eu não costumo dar ouvidos a boatos, mas, se esta história chegar aos ouvidos do tenente Lanza-Turò, ele é capaz de tecer um relatório de vinte páginas e enviar para Sua Exa., o *Prefetto*, e começa tudo de novo."

"Então é uma história que diz respeito ao Genuardi!"

"Exatamente. Que é que eu faço, conto para o senhor?"

"Vamos ouvi-la!"

"Quando a senhora Taninè Genuardi foi se confessar, o padre Pirrotta lhe negou a absolvição. E o fato criou muito alvoroço no povoado."

"Deixe-me entender. Este padre Pirrotta teria dito que negou..."

"Não, senhor Superintendente, o padre Pirrotta não disse nada publicamente. Porém é pessoa que explode fácil, perde a calma e põe-se a gritar. Quando isto se deu, perto do confessionário, esperando sua vez, estava a viúva Rizzopinna, que é uma grandecíssima bisbilhoteira..."

"Como?"

"Uma mulher que se intromete na vida dos outros e conta para todo mundo. Ouviu toda a discussão entre o padre Pirrotta e a senhora Genuardi e num minuto espalhou tudo pelo povoado inteiro."

"Mas, em suma, o que a senhora Genuardi fez de tão grave?"

"Parece que o Filippo Genuardi, toda vez que cumpre com seus deveres conjugais, pinta seu membro de vermelho para ficar igual ao diabo e possui a mulher de forma contrária à natureza, gritando: viva o socialismo!"

"E como é que fica a senhora nisto?"

"Parece que consente com prazer."

"Essa, não! Vamos falar sério! O senhor acredita numa história dessas?"

"Eu não, mas as pessoas acreditam. E quer saber de uma coisa, senhor Superintendente? Se, além dos carabineiros, a Igreja se mete também a perseguir o Genuardi, eu acho que ele está fodido, com perdão da má palavra."

E
(Tenente Lanza-Turò — General Saint-Pierre)

"Tenente Gesualdo Lanza-Turò às suas ordens, senhor general!"

"Caríssimo tenente! Fique à vontade. Sabe que no mês passado, em Roma, em casa do Marquês Baroncini, tive o prazer de encontrar a senhora Condessa, sua mãe? Uma mulher muito bonita, a sua mãe, tenente!"

"Como está minha mãe, general?"

"Está bem, meu filho. A senhora Condessa me fez compreender que só tem uma preocupação: a de você estar longe."

"Terá que se resignar. É o dever."

"Olha, tenente, eu decidi ir ao encontro dos desejos da senhora Condessa."

"O que quer dizer?"

"Sejamos breves que é melhor. No próximo mês você vai ser transferido para Nápoles. Ficará subordinado ao coronel Albornetti, um oficial de valor. Fui habilidoso, não é? A senhora Condessa ficará feliz."

"Se me permite, general Saint-Pierre, eu não me sinto tão feliz."

"E por que, meu filho?"

"Não há, por trás de minha transferência, a mão do Superintendente de Polícia de Montelusa?"

"Tenente, deixe isso pra lá, que é melhor."

"É um direito meu saber onde foi que errei."

"Mas você não errou em nada! Não seja mais longo que um dia sem pão!"[24]

"Permito-me insistir."

"Tenente, esquece..."

"O senhor pode enviar um inspetor que..."

"Chega! Nada de inspetor! Você não passa de um tolo, quer entender isso ou não? Um imbecil! Antes de tomar esta providência falei com seu superior, o major Scotti. Poupo-lhe saber o que ele me falou. Você tem a cabeça tão dura que pode quebar um muro a cabeçadas! Saia daqui e agradeça à senhora Condessa sua mãe por eu não mandar prendê-lo!"

"Às suas ordens, senhor general."

---

[24] Em dialeto piemontês no original: "non sia pi lông che n'dì senza pan!". Refere-se a um episódio ocorrido durante o cerco de Turim pelas tropas francesas. O soldado Pietro Micca diz isto a um colega que demorava a sair da galeria que iriam explodir e acabam morrendo junto com todos os inimigos que estavam invadindo a galeria. (N.T.)

COISAS ESCRITAS Nº 4

MINISTÉRIO DOS CORREIOS
E TELÉGRAFOS
Escritório Regional — Rua Ruggero Settimo, 32 — Palermo

Ilustre
Sr. Filippo Genuardi
Rua Cavour, 20
Vigàta

Palermo, 1º de fevereiro de 1892

Caro e ilustre amigo,

Em minha volta a Palermo, após a brevíssima, mas agradabilíssima permanência em Vigàta para as avaliações técnicas do local e obras a serem feitas, para retribuir, ao menos em parte, as gentilezas com que o senhor me cumulou, apresseime a completar o orçamento do trajeto que a linha telefônica deverá seguir,

É meu dever, no entanto, dizer desde logo o seguinte: se o senhor tivesse querido uma linha que fosse de seu depósito ao de seu sogro, teria sido tudo menos complicado. Mas desejando, em vez disso, conectar-se com a habitação dele, o traçado passa a apresentar certo problema de percurso, dado o fato de a referida habitação ser uma casa de campo situada fora do povoado, na localidade de Infurna. De todos os modos, tendo em mãos o mapa topográfico, e seguindo o princípio de que a reta é o caminho mais curto entre dois pontos, esbocei um esquema de palificação de que lhe remeto cópia anexa.

Sendo a distância entre seu depósito e a habitação de seu sogro de exatamente três quilômetros e estando nós obrigados, por rígidas determinações superiores, a colocar um poste para cada 50 metros de cabo, daí decorre que os postes necessários somam ao todo cinqüenta e oito (58). Assinalei no mapa anexo, pontilhando com tinta vermelha, o lugar exato em que devem ser colocados os postes. Obviamente os postes e os cabos devem ser pedidos a esta Administração, que os fornecerá mediante pagamento prévio. O transporte por via férrea fica também a seu cargo. A colocação dos postes e cabos não é uma operação simples, que possa ser feita por qualquer um, um erro mínimo pode danificar todo o trabalho. Proponho-lhe voltar a chamar-me no momento oportuno.

Agora o senhor deverá pedir que o Registro de Imóveis lhe ceda o mapa da região para nele levantar os nomes dos diferentes proprietários dos terrenos pelos quais passará a palificação proposta, a fim de entrar em acordo com eles quanto ao valor da serventia. Pois, em se tratando de uma linha para uso particular, não está prevista a intervenção municipal e muito menos a da *Prefettura* (expropriação).

Envie-nos as certidões (com firma reconhecida) dos acordos realizados com os diferentes proprietários. No momento em que chegarem em nossas mãos lhe explicarei como apresentar a requisição para que a palificação venha a ser executada.

Muito cordialmente,

Agostino Pulitanò
Perito nomeado

P. S. Quando contei ao doutor Caltabiano o que me deu de comer e beber durante minha estadia em Vigatà, por pouco ele não caiu desmaiado. Por favor, tome uma providência: não o deixe morrer de inveja!

FIRMA SALVATORE SPARAPIANO
Madeireira — Madeiras por atacado —
San Volpato delle Madonie

Senhor
Filippo Genuardi
Depósito de madeiras
de Vigàta

San Volpato, 2 de fevereiro de 1892

Prezado Senhor,

Há três anos o senhor compra de nossa firma a madeira que vende em Vigàta. Durante estes três anos de relações comerciais, nossa firma não teve razões de queixa do senhor, salvo alguns breves atrasos nos pagamentos.

Venho, por meio desta, comunicar-lhe que nossa firma não quer mais ter qualquer negociação com o senhor e que, por conseguinte, o senhor deverá procurar um outro atacadista.

O motivo desta decisão da firma não é nem comercial, nem de falta de confiança, pois o senhor, ao contrário, apesar de alguns pequenos atrasos nos pagamentos, sempre foi um cliente bem-visto.

O senhor não tem obrigação de conhecer a história de minha família e por isso vou contar-lhe alguma coisa a respeito. O pai de meu pai, Gesualdo Sparapiano, sempre se opôs aos infames Bourbons e por causa disso sofreu doloroso encarceramento e exílio para terra estrangeira, no caso, para Marselha, na França. Meu saudoso pai, Michele Sparapiano, por ordens do major Dezza, subordinado ao general Nino Bixio, fez parte dos garibaldinos que sufocaram a revolta de Bronte[25]. E deste acontecimento meu pai teve orgulho durante toda a sua vida, tendo em vista que os habitantes de Bronte, como disse o general Bixio, eram culpados de lesa-humanidade. Conto-lhe tudo isso não para glorificar minha família, mas para dizer-lhe o que viemos saber acerca de sua pessoa e das idéias que o senhor tem.

Uma carta anônima nos informou que o senhor mantém contato com pessoas que não desejam o bem de nosso país, que ora se denominam anarquistas, ora socialistas, e querem dividir entre si nossas mulheres, casas e propriedades.

Os Sparapiano não querem ter nada a ver com pessoas que partilham de tais idéias, que são coisa de gente má e trazem fome, ruínas e mortes. Como os Sparapiano são pessoas que nas coisas da vida caminham a passo lento, pensando e repensando, escrevemos ao tenente dos carabineiros de Vigatà, pedindo informações sobre sua maneira de pensar, mas a carta do tenente, embora não dissesse expressamente como o senhor pensa, dava igualmente a entender seu modo de pensar usando palavras enroladas como o rabo de um porco, mas que expressam bem o que querem significar.

Mas, como às vezes homens de bem podem ter mal-entendidos com os carabineiros, uma prima de minha esposa, a Senhora Giuseppa Vento, que a partir de seu casamento está morando em Montelusa, ficou por mim encarregada de dar-se

---

[25] *Bronte*: cidadezinha agrícola da província de Catânia, onde, em 1860, o general Nino Bixio, braço direito de Garibaldi, reprimiu de forma violenta uma revolta dos camponeses que ali ocuparam terras, aspirando a trabalhar em proveito próprio terras de latifúndios, que eram em geral as únicas que dispunham de água. (N.T.)

ao incômodo de ir ao povoado de Vigatà num feriado e de falar com o pároco, que se chama Pirrotta. O pároco Pirrotta, quando a Senhora Giuseppa Vento pronunciou seu nome como sendo Filippo Genuardi, ergueu desesperado os olhos para o céu e fez o sinal-da-cruz três vezes.

Tudo isto devo contar-lhe.

Portanto, fique o senhor certo de que a Firma Sparapiano não mais lhe fornecerá madeiras.

Ficamos à espera das setecentas liras para saldar os envios anteriores.

Atenciosamente,

Salvatore Sparapiano

DEPARTAMENTO DOS CORREIOS
E TELÉGRAFOS
Setor de recepção de telegramas
Fela
Telegrama

Palavras: 71 Destino: Vigàta Dia: 6/2 Hora: 11:30
Nome e endereço do destinatário: *CAVALIERE* EMANUELE SCHILIRÒ
Localidade: INFURNA

CASUALMENTE ENCONTRADA SENHORA ENRICHIETTA IRMÃ SUA MULHER LILLINA INDO CORREIOS ENVIAR SENHOR TELEGRAMA QUE TOMEI MEU CARGO STOP SENHORA LILLINA COMUNICA ESTAR LEVEMENTE INDISPOSTA NÃO PODENDO VOLTAR VIGÀTA DATA PREVISTA STOP ESTÁ OBRIGADA FICAR AINDA FELA ALGUNS DIAS STOP PEÇO AVISAR TANINÈ MINHA CHEGADA TERÇA-FEIRA PRÓXIMA SEMANA STOP OBRIGADO SAUDAÇÕES

FILIPPO GENUARDI

Nome e endereço do remetente: FILIPPO GENUARDI
HOTEL CENTRALE — FELA

"A Gazeta de Palermo"
Diário

Dir.: G. Romano Taibbi 7 de fevereiro de 1892

UM ESTRANHO FERIMENTO

Ontem, às sete da manhã, ao sair de seu apartamento para o trabalho, o senhor Antonio Bruccoleri reparou que a porta do morador vizinho estava escancarada. Encantado, pois o apartamento estava desabitado há mais de três anos e totalmente desprovido de móveis e decoração, entrou, encontrando no chão um indivíduo sem sentidos devido a um ferimento na cabeça. Avisados os Reais Carabineiros, o desconhecido foi internado no Hospital San Francesco, com extenso ferimento lacerocontuso na região parietal direita. O homem, sem documentos e em estado de grande confusão, não soube dar seu nome, nem explicar as circunstâncias do ferimento, nem os motivos pelos quais tinha ido ao apartamento abandonado, que fica situado na Travesa delle Croci nº 5 e antes pertencia ao senhor Eusebio Panarello, que há três anos se mudou com a família para a Catânia.

Os carabineiros estão investigando.

REGISTRO DE IMÓVEIS DE MONTELUSA
O Diretor

Ilmo.
Sr. Filippo Genuardi
Rua Cavour n° 20
Vigàta

Montelusa, 10 de fevereiro de 1892

Prezado amigo,

Fiquei profundamente comovido e impressionado com o fino presente que sua Senhora decidiu enviar para minha filhinha Ninnina por ocasião de sua Santa Crisma.

Apresso-me a enviar-lhe os nomes dos proprietários dos lotes cadastrados do registro imobiliário que lhe interessam para a implantação dos postes.

1) Mariano Giacalone, Rua América, 4, Vigàta, para os lotes de n° 12, 13, 14, 27.
2) Espólio Stefano Zappalà, nas pessoas de: Agatina de Graceffo Zappalà, Rua Cinque Giornate, 102, Nápoles; Vincenzo Zappalà, Rua do Forno, 8, Vigàta; Pancrazio Zappalà, Rua Risorgimento, 2, Montelusa; Costantino Zappalà, Rua Giambertone, 1, Ravanusa; Calcedonio Zappalà, Place de la Liberté, 14, Paris; Ersilia de Piromalli Zappalà, Rua Barònia, 8, Reggio Calabria, todos eles co-proprietários do lote de n° 18.

3) Filippo Mancuso, Rua della Piana, 18, Vigàta, para os lotes de nº 167, 108, 109, 110.
4) Gilberto Giacomo, Rua Dell'Unità d'Italia, 75, Vigàta, para os lotes de nº 201, 202, 203, 204, 205, 895, 896.
5) Paolantonio Lopresti, 2005 Helmuth Street, New York, para os lotes de nº 701, 702.

Meu trabalho no sentido de favorecê-lo foi intenso, o senhor mesmo se dará conta de que o despacho da solicitação por via burocrática teria levado meses e meses. No entanto, sinto-me feliz de ter podido dar-lhe tal satisfação.

Agradeça mais uma vez a sua Senhora pelo magnífico presente. Para o senhor um forte aperto de mão de

Cataldo Friscia

ESCRITÓRIO DE ADVOCACIA
NICOLA ZAMBARDINO
Avenida della Libertà, 2 — Palermo

Ilmo. Sr. Comendador
Calogero Longhitano
Travessa Loreto, 12
Vigàta

Palermo, 12 de fevereiro de 1892

Senhor Comendador,

Meu cliente e colega Orazio Rusotto, ainda em prisão, comunicou-me que o senhor desejava ter notícias do desconhecido que foi encontrado dias atrás em um apartamento desabitado da Travessa delle Croci nº 5, temendo tratar-se de distante parente seu, que responde pelo nome de Calogerino Laganà.

Infelizmente tenho que lhe comunicar que seu temor não foi infundado. Porém, tenho também o prazer de participar-lhe que seu distante parente será quanto antes liberado do hospital por estar já em vias de recuperação. Sofre ainda de violentas dores de cabeça (foram-lhe dados bem uns vinte pontos!) e alguns momentos de amnésia. Como penalmente nada existe contra ele, assim que tiver alta poderá voltar a Vigàta.

Acerca de como se desenrolaram os fatos, ele parece recordar apenas o seguinte: encontrando-se em Palermo a negócios, teve vontade de visitar um amigo que não via há muito tempo e que antes morava exatamente no nº 5 da Travessa delle Croci. Ao subir ao primeiro andar, ele notou que a porta de um apartamento estava escancarada e decidiu entrar para pedir informações. Assim que colocou o pé dentro, recebeu um golpe violento na cabeça, um golpe contundente, certamente dado por um ladrão, pois o senhor Laganà, ao despertar no hospital, constatou com amargura o desaparecimento de sua carteira e de tudo que tinha nos bolsos.

O senhor Laganà lhe manda lembranças e diz que não precisa de nada. De qualquer modo fico à sua disposição.

Satisfeito por lhe ter sido útil, queira receber, ilustríssimo Senhor Comendador, os protestos de minha profunda estima e consideração.

Nicola Zambardino

G. NAPPA & G. CUCCURULLO
Escritório de advocacia — Rua Trinacria, 21 — Montelusa

Ilmo.
Sr. Filippo Genuardi
Rua Cavour nº 20
Vigàta

Montelusa, 14 de fevereiro de 1892

Prezado Senhor,

O senhor nos escreve pedindo que nosso escritório tome a seu cargo duas ações muito diversas, e que é melhor considerarmos separadamente.

A primeira diz respeito a sua manifesta vontade de apresentar queixa por calúnia e difamação contra:

a) o tenente do Comando dos Reais Carabineiros de Vigàta;

b) o pároco Dom Cosimo Pirrotta de Vigàta;

c) o senhor Salvatore Sparapiano de San Volpato delle Madonie.

Acerca do item *a*:

Pelo que temos conhecimento, jamais se abriu um processo jurídico contra uma declaração da Arma dos Reais Carabinieri, que agem escrupulosamente, dentro das funções que lhes estão atribuídas.

A queixa, que certamente teria resultado negativo para o

senhor, iria também deixá-lo em má situação e aumentaria, de certo modo, a suspeita que pesa sobre o senhor, de estar filiado a movimentos subversivos.

A propósito do item *b*:

Quando o pároco levanta os olhos ao céu e faz o sinal-da-cruz não está fazendo uma ação extraordinária, é um modo como qualquer outro de se expressar. Atitudes semelhantes são comuns em padres, freiras e monges, como centenas de milhares poderiam testemunhar. A relação (isto é, que o pároco tenha feito esses gestos escandalizados ao ouvir pronunciar seu nome) não é fácil de ser comprovada no tribunal.

Quanto ao ponto *c*:

A firma do senhor Salvatore Sparapiano tem total liberdade de vender sua mercadoria a quem achar conveniente. No caso específico, as razões que invoca podem ser opinativas, mas não lesivas. Um advogado de parte contrária poderia facilmente provar que as palavras "anarquista" e "socialista" não equivalem necessariamente a ladrão ou assassino.

Em suma, estamos absolutamente convencidos de que as três queixas por calúnia e difamação certamente se voltariam contra o senhor.

Além do mais, nosso escritório não costuma lutar por causas que considera de antemão perdidas.

A segunda tarefa que o senhor quer confiar-nos é o pedido da licença de palificação dirigido aos diferentes proprietários dos terrenos por onde deve passar a linha telefônica. E para esta finalidade o senhor anexa a lista de nomes dos referidos proprietários.

Neste segundo encargo nosso escritório não vê problema algum e o aceita com prazer.

O senhor nos faz saber que, no que diz respeito ao senhor Mariano Giacalone e ao senhor Filippo Mancuso, o senhor mesmo poderá resolver pessoalmente a questão. Isto aliviaria em muito nosso trabalho. O senhor nos pede, igualmente, que não nos preocupemos com o senhor Gilberto Giacomo por razões particulares suas. Devemos, portanto, presumir que se encarregará de entrar em contato com este senhor?

Em suma, ficaria a cargo do nosso escritório a resolução das questões referentes ao senhor Paolantonio Lopresti e ao Espólio Zappalà.

A este propósito devo assinalar que duas das pessoas que nos cabe contatar moram fora das fronteiras italianas, uma em Paris e a outra lá em New York. As demais encontram-se em Nápoles, Ravanusa e Reggio Calabria.

Tudo isso requer prazos não precisamente breves, mesmo na feliz hipótese de que todos, ao primeiro contato, estejam de acordo. No caso de não obtermos imediato consentimento, ou até de recusa, as negociações poderão ser mais demoradas.

Envie-nos no mínimo trezentas liras para as despesas iniciais.

Atenciosamente,

Adv. Giosuè Nappa

P/ Escritório de Advocacia Nappa & Cuccurullo

"O Precursor"
Jornal político diário

Diretor G. Oddo Bonafede 15 de fevereiro de 1892

INCÊNDIO DOLOSO EM VIGÀTA

Na noite passada, desconhecidos penetraram no depósito em que o senhor Filippo Genuardi, de Vigàta, guardava seu quadriciclo a motor "Panhard", capaz de desenvolver uma velocidade de mais de vinte quilômetros por hora, e atearam fogo à máquina utilizando o carbureto de cálcio existente no próprio depósito, destinado a produzir o acetileno usado para acender os faróis dianteiros que equipam o quadriciclo.
A máquina ficou irreparavelmente queimada.
Registra-se esta notícia porque este meio de locomoção — que certamente está destinado a revolucionar os transportes em futuro próximo — era o único exemplar circulante em nossa Ilha.
A Segurança Pública e os carabineiros estão investigando para descobrir os autores desse gesto de vandalismo.

COISAS DITAS Nº 4

A

(*Comendador Parrinello — Superintendente de Polícia*)

"Comendador Parrinello! Obrigado por ter vindo."

"Era minha obrigação, senhor Superintendente."

"Como está Sua Excelência?"

"Continua enfaixado como uma múmia. A coisa será demorada."

"O inspetor já foi embora?"

"Sim, foi ontem mesmo. Ele foi minucioso, preciso. Interrogou longamente até o *Sottoprefetto* de Bivona. Na minha opinião, isto vai acabar muito mal."

"Para o *Prefetto*, diz o senhor?"

"Não. Para o *Sottoprefetto*."

"Ora vamos, Comendador!"

"Veja, a desastrosa queda de Sua Excelência acabou resultando em vantagem para ele. Não podendo nem falar, nem escrever, ele não falou, nem escreveu. Com isso, nada de números, nada de frases sem sentido, nada de excessos contra os subversivos, como ele os chama. Aos olhos do *Prefetto* Colombotto-Rosso, o inspetor, nosso doutor Marascianno não passa de um pobre acidentado. Quanto ao mais, tudo na *Prefettura* estava na mais perfeita ordem, porque eu tinha tomado providências neste sentido. Colombotto-Rosso fez algumas observações sem a menor importância, apenas para dar conta do recado, e justificará as despesas de viagem e estadia pedindo a cabeça do *Sottoprefetto*, autor da denúncia."

"Então na realidade o senhor está me dizendo que temos que continuar agüentando na *Prefettura* um doido varrido como o Marascianno? E logo agora que estão me chegando boatos de grande movimentação do pessoal do campo!"

"O que quer que lhe diga, senhor Superintendente? Isto é tudo que sei."

"Sabe, Comendador, o senhor deve estar achando que eu sou um destes que dormem com a empregada."

"Não, não acho isso. De qualquer forma, isto seria problema seu, é o senhor de seus atos."

"Não, Parrinello, isto é um modo de dizer de minha região. Quer dizer que eu gosto de falar franco."

"Perdoe o equívoco."

"Por isso queria informá-lo de que recebi duas cartas. Uma é de um bom amigo meu, que trabalha no Ministério. Eu lhe tinha escrito e ele me respondeu. Marascianno nunca teve nem uma primeira mulher morta, nem uma segunda fugida com o amante. Marascianno é celibatário, solteiro ou sei lá que porra posso chamá-lo. Vejo que não está surpreso."

"Já suspeitava."

"Por quê?"

"Estive muitas vezes no apartamento de Sua Excelência, no último andar da *Prefettura*. Vê-se que é um homem acostumado a viver sem uma mulher ao lado. Certa vez..."

"... o senhor teve até pena dele."

"Me pareceu um cachorro abandonado. Minha mulher teve a mesma impressão, uma noite que consegui fazer Sua Excelência vir jantar em minha casa. Quando fomos para a cama, minha mulher não conseguia pegar no sono. Perguntei-lhe o que tinha, respondeu-me que estava pensando no *Prefetto*. E em seguida me perguntou: 'Tem certeza que ele foi casado?' Depois de um instante, acrescentou: 'Dê uma força a ele, é um infeliz, você estará fazendo uma caridade.' E é por isso que..."

"... que você espalhou azeite pela escada."

"Mas o que é que o senhor está dizendo?!"

"Ouça, já lhe disse que eu durmo com a empregada."

"O senhor pode dormir com quem quiser, a mim pouco me importa! Mas não pode se permitir..."

"Me permito. Escute. Recebi uma carta anônima. Alguém, que certamente é da *Prefettura*, assegura que a queda de Sua Excelência não foi acidental, mas provocada pelo fato de o patamar e os dois primeiros degraus terem sido regados com azeite."

"E esta miserável carta anônima disse quem fez isso?"

"Não traz nomes."

"Sua suspeita em relação a mim é simplesmente infamante."

"Comendador, o senhor se esquece de que antes de mais nada eu sou policial. E por isso não queira discutir. A suspeita de que a queda de Sua Excelência tenha sido provocada já me tinha ocorrido muito antes da carta anônima. Porque, olha só, que coincidência! De manhã anunciam a inspeção e no início da tarde Sua Excelência é posto em condições de não falar nem escrever. Segundo o senhor, foi a providência que lhe quebrou alguns ossos, não há dúvida, mas que também lhe salvou a carreira? Essa não! E além de tudo o senhor há pouco se traiu, sabe? Suas palavras de compaixão para com o Marascianno valeram por uma confissão! Mas não pensou que aquele pobre-coitado poderia ter quebrado o pescoço?"

"Nós pensamos nisso, senhor Superintendente."

"Como, 'nós'?"

"Eu e minha senhora. E por isso minha mulher teve a precaução de fazer uma rica oferta a São Calógero, explicando-lhe que a coisa era para o bem dele."

"Está falando sério?"

"Nós acreditamos nele, em São Calógero, senhor Superintendente. E, realmente, como o senhor viu... De qualquer forma, estou à sua disposição, diga-me o que devo fazer que eu faço, desde a autodenúncia até me demitir."

"Não me faça rir! Tome, é esta a carta anônima. Se examiná-la bem, talvez consiga identificar o autor, a grafia está canhestramente falsificada. Comendador Parrinello, foi realmente um prazer encontrá-lo. Meus cumprimentos à sua gentil esposa que não tenho o prazer de conhecer."

"Senhor Superintendente, quer me dar a honra de vir jantar em minha casa uma noite destas?"

B
(Giliberto — Pippo)

"Mas ainda tem o desplante de vir me ver? Saia imediatamente de minha casa!"

"Senhor Giliberto, me escute..."

"Senhor Genuardi, não vou escutar porra nenhuma! Caia fora imediatamente ou chamo os carabineiros!"

"Está bem, meu advogado lhe escreverá."

"Advogado? Que advogado? Sou eu que deveria estar apelando para a lei!! Mas olha só que cara-de-pau! Tinha acabado de se casar quando veio morar aqui, na Rua Dell'Unità d'Italia, no mesmo andar que eu, porta com porta, parecia tão apaixonado por sua mulher a ponto de minha esposa precisar tapar os ouvidos para não ouvir o que faziam na cama, e em vez disso...!"

"Senhor Giliberto, vamos ficar repisando histórias mais velhas que o relógio?"

"Sim, senhor! Não consigo esquecer a cara de minha filha Annetta, tinha treze anos na época! era uma garotinha!, quando me disse que o senhor toda vez que encontrava com ela na escada passava-lhe a mão na bunda! Devia ir preso! A inocentinha descendo as escadas toda contente e despreocupada e ele, zás!, a mão na bunda! De minha filha!"

"Me permite uma palavra? Não era mais que uma brincadeira. A coisa era combinada. Annetta fazia com que nos encontrássemos, se deixava tocar, pegava a meia lira que eu lhe dava..."

"O senhor, depois de ter-se aproveitado dela, ainda quer difamá-la! Que quer dizer isso? Que minha filha se vendia? Eu o mato!"

"Senhor Giliberto, ponha a faca na mesa imediatamente, porque no momento que se mexer eu atiro no senhor. Está vendo o revólver? Está carregado. Deixa a faca pra lá, vamos sentar aqui e raciocinar. Assim. Graças a Deus! Então, além da meia lira que me custava cada toquezinho, quando sua filha veio lhe contar a coisa... Sabe por que fez isto? Não? Eu lhe conto. Tinha subido o preço, queria uma lira a cada toque e eu recusei. Calma. Lembre-se de que estou com o revólver. E o senhor, o que fez quando veio a saber? Me denunciou? Fez um escândalo? Não, senhor, nem sonhando. Veio me pedir uma indenização de duas mil liras. Era muito, mas eu paguei. É verdade ou não?"

"Sim, é verdade. Mas fiz isso porque sou homem sensível, não queria arruinar sua vida mandando que o metessem na cadeia."

"E as outras duas mil liras que quis seis meses depois, quando eu já não olhava sua filha nem por um binóculo?"

"Desta vez foi porque eu estava precisando com urgência, um caso de necessidade."

"E eu lhe dei. Mas o senhor cometeu um erro."

"Qual?"

"O de me escrever. Me mandou um bilhete. Que está aqui no meu bolso. Quer que leia, pra lhe refrescar a memória? 'Senhor Genuardi, o senhor tem que me dar imediatamente duas mil liras, senão eu conto o fato ocorrido entre o senhor e minha filha a sua mulher.' Se eu levar este bilhete ao Delegado Spinoso, ele o prende. Sabe como se chama o que fez? Chantagem."

"Sim, mas o senhor vai pra cadeia por corrupção de menor."

"Devagar, meu caro, devagar. Annetta agora está noiva, não está?"

"Deve casar-se dentro de um ano e meio."

"Se esta história vem à tona, adeus noivado, adeus casamento. Eu, perdido por perdido, farei saber a todos que não só lhe tocava a bunda, mas que comia ela com todos os sacramentos. Calma. Não se mova. Lembre-se do revólver. E sua filha Annetta, outro marido não vai encontrar nem entre os canibais. Falei claro?"

"Falou claríssimo. Que porra quer de mim?"

"Preciso que o senhor me dê permissão, por escrito, de colocar alguns postes em um terreno de sua propriedade."

"Pagando?"

C
(*Cavaliere Mancuso — Comendador Longhitano*)

"*Cavaliere* Mancuso! Entre, entre."

"O senhor mandou me chamar e eu me apressei a atender. Quando o Comendador Longhitano ordena, Filippo Mancuso coloca-se às suas ordens!"

"O senhor está brincando, *Cavaliere*. Que ordens! Faço-lhe apenas pedidos, sempre, e com a maior humildade. Lamento ter-lhe dado o incômodo de vir de Vigàta a Montelusa. Mas, sabe, há cerca de vinte dias estou aqui, em casa de meu irmão Nino, que é médico e está me tratando."

"Coisa séria?"

"Graças a Deus, não. Mas em nossa idade, na minha e na sua, é melhor estarmos prevenidos em termos de saúde. O senhor como está?"

"Não tenho o que lamentar."

"Acenda uma vela à Virgem. Sabe o que diz o provérbio: "Aos que passam dos sessenta, dor diária apoquenta."

"É verdade."

"Não quero incomodá-lo demais, *Cavaliere*. Se o fiz vir até aqui, é porque esta manhã recebi uma carta de meu caríssimo amigo, uma pessoa como não existe outra, que é hoje o deputado Palazzotto."

"Que Deus o conserve por cem anos e o recompense com juros por todo o bem que faz, até para quem não merece!"

"Aqui está a carta. Vou ler para o senhor. 'Caríssimo Lollò:

Dizem que você não está muito bem de saúde, o que muito lamento. Espero que possa se recuperar pronto. Temos muito trabalho a fazer juntos no interesse de nossa amada terra. No que se refere ao pedido de admissão no Banco da Sicília do contador Alberto Mancuso, filho de Filippo, que você tão calorosamente me recomendou, tenho a lhe comunicar, com muito prazer, que as coisas estão indo muito bem. Dentro de alguns dias será chamado para uma entrevista com a Direção Geral de Palermo. Vai ser recebido pelo vice-diretor central Antenore Mangimi, que é de Bolonha, mas é pessoa nossa. Portanto, não há com que se preocupar. Recupere-se logo. Um abraço fraterno de teu Cicio Palazzotto.' Mas, *Cavaliere*, o que está fazendo? Está se ajoelhando?"

"Sim, me ajoelho! E quero beijar-lhe as mãos! Não sei como lhe agradecer, como pagar minha dívida! Qualquer coisa, seja o que for, estou a seu dispor!"

"*Cavaliere*, creia-me, eu já me sinto mais que bem pago ao vê-lo tão contente! Isto me basta. Não vou fazê-lo perder mais tempo. Espero poder lhe dizer, da próxima vez que nos virmos, que seu filho já foi admitido no banco. Vou levá-lo até a porta."

"Por favor, Comendador, não se incomode! Conheço o caminho."

"Ah, perdão, só um momento. Me lembrei de uma coisa: está sabendo que Filippo Genuardi fez uma solicitação para uma linha telefônica particular entre ele e seu sogro?"

"Não senhor, não sabia."

"Parece que uma parte dos postes para sustentar os cabos teria que ser implantada em terrenos seus."

"Não há o menor problema! Eu sou amigo do sogro dele, Schilirò, e além disso vi Pippo Genuardi nascer e crescer. Repito: sem problemas. Implantem todos os postes que quiserem."

"É o contrário: há problemas, sim."

"Ah, sim?"

"Sim."

"E qual seria?"

"Que estes postes não devem ser colocados em seus terrenos."

"Ah, não?"

"Não."

"Sem problemas, Comendador. Nem morto deixarei que sequer um poste seja colocado! Filippo Genuardi que vá dar com os cornos em outro lugar."

D

(Pippo — Senhora Giacalone — Mariano Giacalone)

"Bom dia, senhora. O senhor Giacalone está em casa?"

"Desculpe, quem é o senhor?"

"Sou Filippo Genuardi. Não se lembra de mim, senhora Berta? A senhora me conhece desde menino."

"Ah, é você! Pippo! Perdão, meu filho, mas a idade está acabando com a minha vista. Se casou, não foi? Tem filhos? Os filhos são a Providência da casa."

"Não, ainda não temos. O senhor Giacalone está?"

"Meu marido? O Mariano?"

"Sim, senhora, o senhor Mariano, seu marido."

"Que posso lhe dizer, meu filho? Está e não está."

"Que quer dizer isto?"

"Quer dizer que há três dias Mariano não está bom da cabeça. E pensar que até três dias atrás parecia um rapazinho, apesar de seus oitenta e muitos. Segunda-feira passada, quando estávamos comendo, olhou fixo pra mim e aí me perguntou: 'Desculpe, a senhora, quem é?' Fiquei gelada. 'Eu sou Berta, tua mulher!' Nada, não teve jeito, só lá pro fim da tarde me reconheceu de novo: 'Onde esteve o dia todo que não me apareceu?' É uma desgraça, meu filho! Que é que você queria de meu marido?"

"Posso falar com ele?"

"Entra. Mas hoje não vai dar. Olha aí. Está sempre assim, sentado na poltrona e às vezes não quer nem falar."

"Como está, Don Mariano?"

"Quem é você?"

"Sou Filippo Genuardi."

"Mostra sua carteira de indentidade."

"Não trouxe."

"Então quem me garante que você é Filippo Genuardi? E a senhora, faça o favor de não andar pela casa como se fosse a patroa, aproveitando que minha mulher não está."

"Ai, meu Jesus, eu sou Berta! Mariano, há sessenta e dois anos que estamos casados!"

"A senhora também, mostre a carteira de indentidade."

"Está vendo, Pippo? Já te disse que não ia dar!"

"Tem razão, senhora. Até logo, senhor Giacalone."

"Quem é que você está cumprimentando? Quem é este Giacalone?"

"'Tá vendo, Pipo? 'tá vendo? Não reconhece nem ele mesmo."

"Chamou o médico?"

"Claro."

"E o que foi que ele disse?"

"Não soube me dizer se meu marido se recupera ou não, mas de todos modos é coisa da idade. Fiquei curiosa: o que é que você queria com o Mariano?"

"Que assinasse um papel permitindo a colocação de alguns postes em terreno dele."

"E como é que vai assinar se não sabe nem quem é! Vamos fazer o seguinte, Pippo. Se ele por acaso se recupera um pouco e me reconhece, mando chamar você no ato e você vem com o papel pra ser assinado."

"Ficarei muito grato, senhora Berta."

"Tudo de bom pra você, meu filho."

"Assim espero. Até logo, senhora."

[...]

"Berta, já foi embora, o pilantra do Pippo?"

"Sim, acaba de ir. Como é que me saí na encenação?"

"Acho que foi boa. Que ele ficou convencido. Mas, olha, amanhã de manhã partimos para Caltanissetta. Vamos ficar um tempo com nosso filho. Não agüento mais ficar trancado dentro de casa e fingir que fiquei maluco. Só pra dar prazer a Don Lolò Longhitano!"

E
(Giacomo La Ferlita — Pippo)

"Senhor La Ferlita, vou contar até três e se o senhor não sair de meu depósito lhe quebro a cara! Um..."

"Senhor Genuardi, olha que estou vindo aqui por simples escrúpulo de consciência."

"Consciência? Depois que aquele grandecíssimo corno de seu irmão Sasà me fez queimarem o quadriciclo?"

"Ah! O senhor acha que foi ele?"

"Acho e ponho a mão no fogo quanto a isso."

"O senhor tem razão, senhor Genuardi. Mas indiretamente."

"O que quer dizer com isso?"

"Permita-me antes uma pergunta: o senhor leu os jornais?"

"Não."

"Então o senhor não sabe nada do que aconteceu em Palermo com um certo Calogerino Laganà?"

"Calogerino? Um homem de Don Lolò Longhitano? Não, não estou sabendo de nada."

"O senhor viu recentemente o Comendador Longhitano?"

"Não. Há muito tempo não o vejo. Mas posso saber por que está me enchendo o saco com todas essas perguntas?"

"Vou explicar. Nós armamos uma cilada para ele, senhor Genuardi. E só me dei conta de quanto esta cilada era perigosa depois que queimaram seu quadriciclo."

"Mas de que cilada está falando?"

"Senhor Genuardi, o terceiro endereço de Sasà, aquele que o Angelo Guttadauro lhe deu e que eu confirmei, quer dizer, o da Travessa delle Croci nº 5, era falso. Tínhamos combinado isso, Sasà, Guttadauro e eu. Meu irmão estava convencido, e com razão, de que o senhor passava para o Longhitano todas as suas mudanças de casa. E quis ter uma prova. Todas as noites se escondia no apartamento e esperava. Já estava perdendo as esperanças quando o tal Calogerino, mandado por Don Lollò para deixar arrebentado a pau meu irmão, deu as caras. Sasà, pegando ele de surpresa, rompeu-lhe a cabeça e apanhou tudo que ele tinha no bolso, para deixar marca. Para sua informação, Calogerino estava armado com faca e revólver."

"Diga a Sasà pra ir preparando o caixão. Desta vez, se o Comendador o pega, faz dele picadinho pra galinhas."

"E do senhor, ao contrário, faz comida para os porcos."

"Eu, que é que eu tenho a ver com isso?"

"Então quer dizer que não entendeu nada! Faça as contas, senhor Genuardi. Da primeira vez, o homem de Don Lollò vai no endereço que o senhor lhe deu e não encontra o Sasà. O senhor busca o segundo endereço, passa ao Comendador, o homem dele vai até Palermo e a coisa se repete. Da terceira vez arrebentam os cornos do cara que ele mandou. A essa altura, que é que o pobre do Comendador deve estar pensando?"

"Minha Santa Virgem! Ai, meu São José! Estou frito!"

"Entendeu agora? Primeiro, como está convencido de que o senhor está fazendo ele de imbecil, mandou queimar seu quadriciclo. Mas aí eu comecei a ter remorsos na consciência, pode ser que Don Lollò não se contente com essa pequena queima e se lhe der na veneta é capaz de..."

"Tenho que fechar o depósito. Vá embora, tenho que fechar o depósito. Vá embora, vá embora, vá embora, eu tenho que fechar o depósito. Tenho que fe..."

COISAS ESCRITAS Nº 5

Caríssimo Pai e prezadíssimo sogro!

Fui obrigado a lhe escrever estas poucas e apressadas linhas antes de pegar o trem que vai me levar para longe de Vigàta durante algum tempo. Pelo menos até que o vendaval que se armou contra mim serene ou perca força. Taninè, para a qual contei tudo na noite passada, lhe relatará pessoalmente. O que está acontecendo comigo, meu querido Pai, é simplesmente terrível, sobretudo quando se pensa que esta embrulhada toda nasce de um simples equívoco.

O Comendador Don Lollò Longhitano, sabendo que sou um fraterno amigo de Sasà La Ferlita, me perguntou se sabia seu endereço em Palermo. Don Lollò me explicou que era porque queria pacificamente chegar a um acordo em uma questão de dinheiro entre Sasà e Nino, irmão do Comendador, e que para tal fim enviaria a Palermo um de seus empregados, um tal Calogerino Laganà. E eu, ingenuamente, com a maior boa-fé, lhe dei o endereço.

Acontece que, nesse ínterim, Sasà se mudou. Sabendo disso, avisei o Comendador, passando-lhe, sempre com toda a boa-fé, o novo endereço. Nem desta vez Laganà, indo expressamente a Palermo, encontrou o Sasà. O Comendador, nessa ocasião, censurou minha imprecisão, acusando-me de má vontade em colaborar para uma obra de pacificação. Atingido em cheio, indaguei o terceiro endereço de Sasà em Palermo e o comuniquei ao Comendador, considerando assim o assunto encerrado. Não imaginava, e o senhor tem que crer em mim, pois lhe falo com a sinceridade de um verdadeiro filho, o que aquele desmiolado tinha armado para mim e para o Comendador. O endereço que me haviam dado era falso, e aí, quando o pobre do Laganà ali chegou, foi agredido por Sasà e ferido seriamente na cabeça. Mas, a esta altura, o Comendador Longhitano se persuadiu, muito erroneamente, de que eu estava fazendo duplo papel na comédia: que lhe dava o endereço e ao mesmo tempo avisava o Sasà. Mas com que objetivo representaria eu esta comédia? Que é que eu ganharia com isso? Eu tinha, e tenho, em nome da amizade, o máximo interesse em fazer o Comendador e Sasá ficarem em bons termos e não em jogar lenha na fogueira!

Seja como for, encasquetado com essa idéia errada, o Comendador, em represália, mandou queimar meu quadriciclo a motor, e estou certo disso por uma série de coisas que seria longo explicar. Não se considerando satisfeito, obrigou o *Cavaliere* Mancuso a dizer um seco *não*, sem maiores explicações, a meu pedido de deixar passar os postes do telefone por seus terrenos. O mesmo foi feito com Mariano Giacolone, que fingiu ter ficado esclerosado de repente e por isso sem condições de assinar nada. Estou certo também, em vista de tudo que pude saber, de que até atrás da carta da Firma Sparapiano, que me nega a venda de madeiras, está Don Lollò.

Pai querido e prezado sogro, eu juro que em todo este assunto estou tão inocente quanto o menino Jesus, que apenas fiz um favor ao Comendador, que eu julgava amigo. Acho que talvez seja melhor para mim mudar de ares por algum tempo, antes que Don Lollò perca a cabeça e mande me atirarem ao mar com uma pedra no pescoço.

Taninè sabe meu endereço e o dará ao senhor pessoalmente. Vai lhe entregar também a chave de meu depósito, que fica a seus cuidados.

Se chegar alguma correspondência para mim, o senhor, a cada duas ou três cartas, coloque em um envelope grande e envie para mim, tendo o cuidado de que ninguém possa ler o endereço e descobrir onde me encontro. Por necessidade tive que pegar todo o dinheiro que tinha em casa: poderia o senhor prover o que sua filha precisar? Depois me dirá o que lhe deu.

Taninè, além desta minha carta, vai levar-lhe também a que me mandou aquele falso amigo de Palermo, dando-me o falso endereço de Sasà. Esta carta é a origem de toda a minha desgraça. Se por acaso encontrar o Comendador Longhitano (eu sei que o senhor não quer ter nada a ver com esse homem), dê um jeito de mostrar a carta a ele. Ela me inocenta por completo e demonstra toda a minha boa-fé.

Estou em suas mãos.

Pippo

COMANDO DOS REAIS CARABINEIROS DE VIGÀTA

A Sua Exa.,
o Prefetto *de Montelusa*

Montelusa, 15 de março de 1892

Assunto: *Genuardi Filippo*

Excelência,

Meu valoroso predecessor na Chefia do Real Comando dos Reais Carabineiros de Vigàta, tenente Gesualdo Lanza-Turò, ao passar-me o cargo, recomendou-me vivamente manter sob estrita vigilância o tal Filippo Genuardi, notório subversivo, e dar imediatamente ciência a V. Exa. no caso de ter conseguido apurar algo suspeito.

Ora, na noite entre 13 e 14 de fevereiro do corrente ano, alguns indivíduos até agora não identificados, após arrombarem o grande cadeado que mantinha a porta trancada, introduziram-se no depósito onde o Filippo Genuardi costumava guardar seu quadriciclo a motor Panhard de 2 c.v.

Os arrombadores conseguiram agir sem serem perturbados, em virtude de o referido depósito dar para o Beco Dell'Abbondanza (que fica na esquina com a Rua Cavour, onde o Genuardi tem sua moradia e a loja de madeiras). Na realidade, o Beco Dell'Abbondanza, não dispondo de iluminação, é, por tal, uma pocilga de excrementos e de lixo.

Uma vez dentro do depósito, os malfeitores tiveram facilidade de agir, incendiando o aparelho automotor. Dirigimo-nos imediatamente ao local e fizemos algumas averiguações, que não contradizem as do Delegado de SP de Vigàta, senhor Antonio Spinoso.

Não precisávamos ser peritos em piromania para dar-nos conta de que a deliberada combustão fora produzida com o emprego de carbureto (acetileno de cálcio) que o Genuardi guardava no depósito, uma vez que os faróis do quadriciclo a motor funcionavam com acetileno.

O Delegado Spinoso, a esta altura, era de parecer que tanto o arrombamento quanto a combustão poderiam ser imputados a desconhecidos, movidos talvez por inveja do Genuardi. Este Comando, ao contrário, levanta a seguinte questão: que artes divinatórias possuíam os delinqüentes para saber *antecipadamente* que no depósito encontrariam abundante material carburente indispensável a seus criminosos intentos?

Efetuando discretas investigações, viemos a saber que o quadriciclo a motor tinha sido segurado pelo Genuardi por elevado valor: em caso de incêndio do automotor (incêndio que não resultasse de descuido por parte do proprietário), o Genuardi viria a receber um ressarcimento de seguro equivalente a duas vezes e meia a quantia despendida em sua aquisição.

Sempre segundo nossas investigações, também soubemos que as atuais condições econômicas do Genuardi não são em absoluto florescentes, pelo contrário, estão em risco depois que a Firma Salvatore Sparapiano, de San Volpato delle Madonie, cortou com ele toda e qualquer relação devido a suas manifestas idéias subversivas, pois os Sparapiano são família tradicionalmente reconhecida por seus elevados sentimentos de Patriotismo.

O prejuízo decorrente desse rompimento de relações é, para o Genuardi, notável: ao que soubemos, a Firma Sparapiano costumava conceder-lhe amplo crédito, faturando a prazo largo o pagamento das madeiras que lhe forneciam.

Além disso, apuramos que o Genuardi encaminhou uma solicitação referente à concessão de uma linha telefônica para uso particular. Apesar de um relatório de meu Predecessor, Tenente Lanza-Turò, dirigido ao Escritório Regional dos Correios e Telégrafos, ter sugerido a suspensão de tal requerimento, o processo inexplicavelmente teve prosseguimento. Por conseguinte, o Genuardi, para a concessão da linha telefônica, precisará de uma importância líquida, tendo que fazer face a consideráveis despesas.

Para concluir, este Comando nutre suspeitas (e mais que suspeitas) de que a encenação do pretenso arrombamento e do ainda mais falso incêndio foi do próprio Filippo Genuardi, com a cumplicidade de alguns correligionários.

Neste sentido, continuaremos com nossas investigações.

Respeitosamente,

Tenente Ilario Lanza-Scocca

Comandante dos Reais Carabineiros

MINISTÉRIO DO INTERIOR
O Ministro

Ao Cavaliere
Artidoro Conigliaro
Sottoprefetto de
Bivona

Roma, 20 de março de 1892

Senhor *Sottoprefetto*!

Venho por esta comunicar-lhe que os resultados do relatório referente à investigação efetuada por Sua Exa., o Inspetor-Geral Colombotto Rosso, *em atendimento a sua solicitação*, acerca do estado de sanidade mental de Sua Exa., o *Prefetto* Vitorio Marascianno, Real *Prefetto* de Montelusa, exigem imediatas providências.

Apesar do grave infortúnio ocorrido com Sua Exa. Marascianno, nosso inspetor-geral chegou à inquestionável convicção, inteiramente contrária a tudo quanto se afirmava em sua carta de denúncia, de que o *Prefetto* de Montelusa é um Alto Funcionário do Estado, de raro equilíbrio moral e mental.

Como o senhor deve estar lembrado, aproximadamente três meses depois de Sua Exa. Marascianno estar ocupando seu elevado cargo em Montelusa, por mero escrúpulo e dedicação a suas Tarefas, inesperadamente inspecionou a *Sottoprefettura* de Bivona a ele subordinada.

Pois bem, nessa ocasião, Sua Exa. Marascianno veio a

constatar erros desagradáveis, indevidas obliterações, diversas negligências.

Além de uma advertência, Sua Exa. Marascianno, como era de sua obrigação, atribuiu-lhe notas características negativas[26], considerando, com isso, o caso encerrado.

Evidentemente, estava enganado.

O senhor, obnubilado por injustificado rancor, e não querendo deixar de revidar às notas negativas, imparcialmente redigidas por quem agia apenas em nome do Dever e da Justiça, demonstrou uma exasperada vontade de prejudicar a seu superior, a ponto de assumir o papel de um verdadeiro e próprio inquisidor.

Entre outras coisas, obcecado por seu sentimento de rancor, o senhor tomou por demencial delírio algumas indicações precisas de Sua Exa. e reagiu de modo exacerbado, fazendo das mesmas objeto de zombaria.

Na realidade, assegurando que os germes eram "vermelho vivo", Sua Exa. fazia alusão à cor preferida dos embusteiros que contaminam com sua presença a bela terra da Sicília; e, afirmando que cada germe era provido de 2.402 "perninhas", Sua Exa. Marascianno referia-se ao número exato dos seguidores das seitas que em Bivona e arredores pregam a revolução.

O senhor não quis entender, ficando em falta com suas responsabilidades.

A partir deste momento, o senhor está transferido para Santolussurgiu (Sardenha) no cargo de *Sottoprefetto* adjunto[27].

O Ministro

Giovanni Nicotera

---

[26] Cf. Nota na p. 80.

[27] A transferência para a Sardenha era, na época, considerada como a providência mais negativa e o pior castigo que podia ser dado a um funcionário público. (N.T.)

G. NAPPA & CUCCURULLO
Escritório de Advocacia — Rua Trinacria, 21— Montelusa

Ilmo.
Sr. Filippo Genuardi
Rua Cavour nº 20
Vigàta

Montelusa, 1º de abril de 1892

Caro Senhor Genuardi,

É com prazer que lhe envio notícias do processo de seu interesse. O lote de nº 28 do Registro de Imóveis, pertencente ao espólio Zappalà Stefano, não lhe pode ser transmitido, pois pesa sobre ele uma hipoteca do Banco da Sicília. Portanto, os herdeiros não podem dispor livremente do terreno, só podendo dispor dele com prévio consentimento do banco. O senhor há de compreender que esta situação complica as coisas e alonga o tempo de sua solução. *Talvez eu precise engraxar algumas mãos.* Especifico: a Senhora Agatina Zappalà, de Graceffo, escreveu-me que, em princípio, estaria disposta a conceder-lhe a permissão para fazer o buraco desde que soubesse previamente quanto o senhor pretende pagar-lhe. O senhor Vincenzo Zappalà é absolutamente contra; o senhor Pancrazio Zappalà tem a mesma posição de seu irmão Vincenzo; o senhor Constantino Zappalà estaria tendendo ao *sim*; o senhor Calcedonio Zappalà (que mora em Paris) estaria, ao contrário, inclinado ao *não* (porém, se for preciso, o irmão Pancrazio está com procuração dele). A Senhora Ercila Zappalà de Piromalli é um caso à parte: estaria disposta a permitir o buraco, mas só temporariamente, pois tem medo do usucapião. Do senhor Paulantonio Lopresti, que mora em New York, ainda não recebi resposta e a meu ver ela ainda vai tardar. A esta altura torna-se imprescindível, de sua parte, fazer a quantificação e o valor financeiro de cada um dos buracos (de propósito uso impropriamente a palavra *buraco*: se pedíssemos permissão para uma "fundação", ou para uma "escavação", ou algo similar, exigiriam certamente vultosas indenizações).

O senhor resolveu alguma coisa com os senhores Giacalone, Mancuso e Giliberto? Mantenha-me informado.

Respeitosas saudações,

Advogado Giosuè Nappa

P/ Escritório de Advocacia Nappa & Cuccurullo

MINISTÉRIO DOS CORREIOS E TELÉGRAFOS
Escritório Regional — Rua Ruggero Settimo, 32 — Palermo

Ilustre
Sr. Filippo Genuardi
Rua Cavour nº 20
Vigàta

Palermo, 5 de abril de 1892

Caro amigo,

Observei, por casualidade, que o carimbo postal da carta que me enviou era de Palermo. Esteve na cidade? Por que não me procurou, nem a mim nem ao doutor Caltabiano, que desejaria tanto conhecê-lo?

De qualquer forma, estou respondendo a sua carta.

A quantificação e o valor financeiro das covas em que deve ser fincado cada poste não são difíceis de ser calculados, basta tomar por base os precedentes. Ou seja: cada cova deve ser de dois metros de profundidade por quarenta centímetros de diâmetro. Se a escavação for realizada no perímetro dos postos alfandegários, a importância geralmente paga ao proprietário do terreno é de 15 (quinze) liras, abrangendo toda a servidão; se, ao contrário, a escavação for feita em terreno agrícola, o custo gira em torno de 5 (cinco) a 7 (sete) liras, salvo exceção.

Não vejo nada em contrário ao aluguel, em vez da compra

do terreno; uma cessão temporária também pode dar certo, desde que de prazo não inferior a 10 (dez) anos. A concessão governamental tem, na realidade, validade por 5 (cinco) anos, depois dos quais pode ser renovada ou revogada, mas em geral é renovada por mais um qüinqüênio.

Passo agora ao aspecto mais preocupante.

O senhor me comunica que tem encontrado grandes dificuldades em conseguir o consentimento dos diferentes proprietários dos terrenos e me pede um traçado alternativo ao por mim indicado. Se eu aceitasse isto, o resultado seria o seguinte: a linha de postes nos primeiros 200 (duzentos) metros seguiria um percurso linear, mas em seguida assumiria uma trajetória em ziguezague, com numerosos ângulos agudos, depois se desenvolveria sinuosamente em curvas largas, para a seguir voltar a ser retilínea só nos últimos 300 (trezentos) metros.

Digo-lhe, de imeditato, que semelhante traçado impossibilitaria a comunicação, que estaria permanentemente perturbada por descargas, ruídos, sibilos etc.

E tem mais: seu traçado viria, pelo menos em dois pontos, a correr paralelamente à única linha telegráfica existente na zona. O aparelho Ader-Bell que lhe será fornecido, para reforçar as vibrações da lâmina diante da qual se fala, utiliza uma bobina de indução. Esta bobina é muito sensível às correntes parasitárias das linhas telegráficas, que se encontram a pouca distância do traçado, e, por conseguinte, a recepção das palavras ficaria incrivelmente perturbada, tornando-se incompreensível.

O senhor, naturalmente, tem liberdade de pagar uma linha de postes de 8 (oito) quilômetros em vez dos 3 (três) anteriormente pedidos (porque é este o número que resultaria de seu traçado). Porém, além do custo excessivo, tendo o senhor requerido a concessão para uso particular por 3 (três) quilômetros, a solicitação em curso seria anulada e teria que voltar à estaca zero. E ao final desta via-crucis o senhor teria, pode estar certo, um telefone absolutamente inútil.

Caro amigo, tenho muita experiência a este respeito: vi sempre as coisas se acertarem com o tempo, com jeito[28] e com o desembolso de algumas liras a mais em favor dos gananciosos proprietários dos terrenos...

Mande-me notícias.

Com as cordiais saudações de

Pulitanò Agostino
Perito responsável

[28] A expressão usada pelo autor foi a de um ditado italiano que diz: "Col tempo, con la paglia maturano le nespole", ou seja, as nêsperas amadurecem naturalmente ou quando envoltas em palha. (N.T.)

(*Confidencial*)

Ao Senhor Superintendente
de Polícia de Montelusa

Vigàta, 7 de abril de 1892

Ilustríssimo Senhor Superintendente,

Agradeço a consideração que o senhor teve para comigo, enviando-me, extra-oficialmente, cópia da carta (na qual não há nem relatório nem nota informativa) enviada pelo tenente dos Reais Carabineiros Ilario Lanza-Scocca a Sua Exa., o *Prefetto* de Montelusa e que o Comendador Parrinelllo, interino, por dever de ofício, lhe remeteu. Que posso eu dizer, Senhor Superintendente? Sinto-me impotente.

O que os Reais Carabineiros de Vigàta estão fazendo, há tempos, com Filippo Genuardi pode ser chamado, sem medo de um desmentido, de perseguição cega e obstinada. Eu estava confiante de que com a substituição do tenente Lanza-Turò por outro comandante as coisas iriam melhorar. Mas, em vez de o tempo se abrir, deu-se o contrário, veio o dilúvio! Enviaram como substituto o tenente Ilario Lanza-Scocca, que não só é primo irmão do antecessor, mas, com perdão da expressão vulgar, sempre foi cu e calças com ele.

Qualquer pessoa de Vigàta pode ser tomada disto testemunha: quando o tenente Lanza-Turò estava ainda em exercício em Vigàta, seu primo, o tenente Lanza-Scocca, freqüentemente vinha vê-lo, e os dois permaneciam sempre juntos, passeando ao longo do cais, ou tomando sorvete no Café Castiglione do local. Às vezes iam juntos a algum baile em Montelusa.

É evidente que o tenente Lanza-Socca está fazendo tudo para reabilitar o primo, mesmo que à custa de uma injustiça para com uma pessoa como o Genuardi, que, embora não seja santo, não lhe passa sequer pela ante-sala da cabeça armar uma trampa com o Seguro. E isto não por escrúpulo moral, mas pela incerteza de vir a ser bem-sucedido.

Para o Genuardi aquele quadriciclo a motor era mais importante que os próprios olhos, tanto que se indispôs seriamente com o sogro que não queria que o comprasse: durante muito tempo suas relações ficaram tensas por causa do veículo.

Se tivesse tido necessidade, em momento de desespero, de queimar algo para armar uma trampa, teria posto fogo ao depósito de madeiras e não ao quadriciclo.

Quando não estava com ele em uso (causando sempre espanto aos desprevenidos, por causa das freqüentes explosões provenientes do motor), o Genuardi deixava o quadriciclo em lugar reservado no depósito, deixando durante o dia a porta aberta para permitir a circulação do ar: qualquer pessoa que passasse poderia ver o monte de carbureto que o Genuardi aí mantinha de reserva.

E mais: será que o tenente Lanza-Scocca acredita realmente que o Genuardi possa ter levado em conta, para satisfazer a suas necessidades, a importância que poderia lhe ser paga pelo Seguro? Em dinheiro vivo?! É mais provável que o Genuardi fique de cabelos brancos antes de conseguir ver uma mísera lira que seja da "Fondiária de Seguros", que é conhecida em toda a Itália pelas incríveis cavilações que consegue inventar para evitar qualquer desembolso.

O dinheiro para a linha telefônica o Genuardi vai ter que ir chorar junto ao sogro, que o fará suar sangue, aos litros, por cada metro de escavação.

Se o senhor me perguntar, então, se eu tenho alguma idéia dos motivos do incêndio do quadriciclo a motor, eu lhe respondo que estou, com cautela, levantando uma hipótese.

Não se trata, como alguém chegou a supor, de um gesto de vandalismo, gerado talvez pela inveja: a inveja só teria nascido nesses desconhecidos depois de meses e meses de já estar o aparelho em Vigàta?

Creio, ao contrário, que isso tem a ver, de algum modo, com o relacionamento do Genuardi com uma figura de respeito, como se diz em nosso meio. Trata-se de pessoa que, por meio de procedimentos ilícitos e filiação mafiosa, veio a ter grande poder, mas que é homem de difícil trato. Não é impossível que um erro, ou uma falta de respeito, até mesmo involuntários, por parte do Genuardi, tenham induzido essa pessoa a demonstrar seu poder, provocando uma reação que lhes é típica: se antes queimavam olivais e casas de campo, agora, com o progresso, seria a vez dos quadriciclos a motor.

Minha hipótese é ratificada por boatos que chegaram a meu conhecimento: este personagem de respeito teria exercido pressões sobre alguns proprietários, no sentido de não concederem a Genuardi a permissão para instalar os postes da linha telefônica que deveria atravessar seus terrenos.

Aproveito a ocasião para fazer um desabafo que sua bondade se dignará certamente perdoar. Após um ano de serviço em Vigàta, propus o banimento[29] dessa pessoa de respeito.

Soube, pelo Senhor Superintendente da época, que o pedido tinha sido recusado pelo Presidente do Tribunal de Montelusa (que é o mesmo de hoje), e que, portanto, seria inútil insistir.

Consegui, no ano seguinte, que lhe fosse retirado o porte de armas. Pois bem, este lhe foi restituído dois meses depois,

[29] A expressão usada, *confino di polizia*, refere-se à providência pela qual a polícia obrigava alguém a ir morar em outro município, que não o de sua residência. Foi institucionalizada pelo Governo fascista em 1931, com o evidente propósito de tornar inofensivos os adversários políticos. Foi declarada inconstitucional em 1956. (N. T.)

com pedidos de desculpas. Não satisfeitos com isso, os que o protegem fizeram-no ser condecorado com o título concedido aos honestos e aos que obedecem às leis!

Considero meu dever mantê-lo informado assim que estiver de posse de fatos precisos e não de boatos e suposições. E peço-lhe, uma vez mais, que me releve o ter-me atrevido a um desabafo, mas as coisas injustas me fazem o sangue subir à cabeça.

Sinceramente, seu devotado

Antonio Spinoso

Delegado de Segurança Pública de Vigàta

P. S. Como acima disse, o tenente Lanza-Scocca quer reabilitar seu primo, sobretudo aos olhos do comandante, general de Saint-Pierre, que agiu, permito-me humildemente recordar-lhe, por sua pessoal recomendação, ordenando a transferência do tenente Lanza-Turò.

MINISTÉRIO DO INTERIOR
Diretoria-Geral de Segurança Pública
O Diretor-Geral

Aos senhores Prefetti
da Sicília
Aos Srs. Superintendentes de Polícia

Carta-circular Roma, 8 de abril de 1892

Na data de 7 de abril do corrente ano, Sua Excelência, o Ministro do Interior, tendo recebido desta Direção-Geral um exaustivo relatório sobre as condições de Segurança Pública na Sicília, ordenou-me o seguinte:

Leve, sem mais demora, ao conhecimento de todos os Srs. *Prefetti* e Srs. Superintendentes da Ilha, o relatório que me foi enviado, omitindo apenas as informações sigilosas constantes da página 2 (dois). Eles deverão estar plenamente a par da gravidade da situação e devem encarregar-se de todas as providências necessárias e atos adequados a impedir a intumescência de um movimento que é, ao mesmo tempo, ameaça e vergonha para nosso país. É um truísmo que a agregação de vadios agitadores deve ser alienígena, porém é igualmente verdadeiro e evidente que sua multiplicação se deve a hábeis manipuladores que, aproveitando cada mínimo e momentâneo descuido, cativam novos seguidores para suas tenebrosas e demoníacas legiões, para seus hediondos crimes coletivos.

Saibam os Senhores *Prefetti* e os Senhores Superintendentes que não podem se dar ao descanso.

É-me grato, portanto, enviar-lhes o relatório, podado das partes não pertinentes à questão em pauta.

... e, por conseguinte, há tempos nos chegaram às mãos, de diversos pontos da Ilha, notícias acerca da *voluntária* dissolução das numerosas sociedades de socorro mútuo operário, de inspiração sobretudo mazziniana[30]. Tais associações, como se sabe, prevêem a assistência mútua entre os sócios, que pagam certa cota mensal; porém, recentemente começaram a tomar iniciativas no sentido de organizar greves e agitações para conseguir insensatos aumentos salariais. Insensatos, tendo em vista o misérrimo estado da agricultura, a diminuição das exportações e da produção de enxofre e de sal, bem como o fracassado desenvolvimento da economia. Mas precisamente pelas condições que acabamos de descrever — e que não só perduram, mas que podemos considerar em vias de agravar-se — despertou nossas suspeitas a vertiginosa difusão deste singular fenômeno: como é que as associações de socorro mútuo se dissolvem exatamente no momento em que, ao contrário, delas se tem maior necessidade? Impressionou-nos, sobretudo, a dissolução de duas associações de Palermo, que reuniam trabalhadores das fundições denominadas "Florio" e "Oretea".

Hábeis informantes, postos em ação por nós, vieram a fornecer-nos uma explicação para tal, que não é em absoluto tranqüilizadora: todas as sociedades operárias sicilianas — salvo algumas raras exceções — deverão em breve dissolver-se unitariamente para vir a reunir-se em uma única organização que deverá vir a chamar-se "Fasci[31] dos trabalhadores sicilianos" (ou algo semelhante).

30 *Mazziniano*: seguidor de Giuseppe Mazzini (1805-1872), conhecido político italiano, que por causa de seus ideais considerados revolucionários, foi perseguido e exilado. (N.T.)

31 *Fasci*: organização, de inspiração socialista, dos homens do campo (do tipo "bóias-frias") que se desenvolveu na Sicília entre 1891 e 1894. O movimento foi violentamente reprimido depois das revoltas de 1893, por Francisco Crispi, primeiro-ministro italiano na época. (N.T.)

Deixo a Vossa Excelência, Senhor Ministro, imaginar toda a capacidade destrutiva que pode vir a ser desenvolvida por uma organização tornada assim tão poderosa e movida essencialmente por cego ódio contra a Ordem, a Sociedade e o Estado.

Soubemos, igualmente, que os chefes do movimento sedicioso estão atualmente congregados em Palermo (e aí ficarão ainda por algum tempo) a fim de definir o "estatuto" da organização que, ao que pudemos saber, manterá apenas *pro forma* a finalidade original, de mútuo socorro, sendo porém sua finalidade real a de promover enlouquecidas greves e violentas agitações, com o fim último de danificar de maneira irreparável as colunas de nossa civilizada Sociedade.

O nome dos futuros chefes dos "Fasci" já é, em parte, de nosso conhecimento, mas seria oportuno rememorá-los:

Rosario Garibaldi Bosco (Palermo)
Francesco Maniscaldo (Palermo)
Giacomo Montalto (Trapani)
Francesco Cassisa (Trapani)
Luigi Macchi (Catânia)
G. De Felice Giuffrida (Catânia)
Nicola Petrina (Messina)
Francesco Noè (Messina)
Francesco de Luca (Montelusa)

Eles contam com o apoio mais ou menos explícito dos seguintes respeitáveis[32] deputados da Ilha:

(parte omitida)

e das seguintes personalidades, de idéias liberais ou radicais:

(parte omitida)

[32] *Onorevole*: adjetivo sempre usado em relação a deputados e senadores. (N.T.)

Até aqui é o relatório enviado por Sua Exa., o Ministro. Acrescentamos também os nomes de alguns participantes da reunião; outros serão transmitidos tão logo sejam esclarecidos:

1. Nicola Barbato, de Piana dei Greci
2. Giuseppe Bivona, de Menfi
3. Carmelo Rao, de Canicattì
4. L. Caratozzolo, de San Biagio Platani
5. G. Mondelo, de Casteltermini
6. Stefano Di Mino, de Grotte
7. F. Genuardi, de Vigàta
8. Lorenzo Panepinto, de Burgio
9. C. Ricci-Gramitto, de Montelusa
10. Oreste Trupiano, de Valguarnera
11. Bernardino Vero, de Corleone

Giuseppe Sensales[33]
Diretor-Geral de Segurança Pública

[33] O autor, além de um retrato da realidade, tem também uma preocupação com dados, personalidades e acontecimentos históricos: *Giuseppe Sensales* foi, de fato, o Diretor de Segurança Pública durante os governos de Francesco Crispi, notoriamente repressivos para com os movimentos socialista e libertário. Em situações como esta, Camilleri registra os verdadeiros nomes dos dirigentes políticos e administrativos da época. (N.T.)

"O Precursor"
Jornal político diário

Diretor G. Oddo Bonafede 14 de abril de 1892

DELITO SEM ROUBO

Nosso correspondente em Vigàta nos fala de um singular episódio acontecido na noite de ontem naquela pequena cidade. Desconhecidos, após terem canhestramente arrombado a grande porta de entrada, penetraram no local do Escritório dos Reais Correios e Telégrafos, situado na Rua Del Mare nº 100. Na manhã seguinte, o Chefe do Escritório, Sr. Vittorio Tamburello, se deu conta do ocorrido e informou imediatamente ao Comando dos Reais Carabineiros. O Sr. Tamburello, depois de repetidas e cuidadosas verificações, declarou com espanto que, apesar da evidente desordem em que se encontrava o escritório, nada tinha sido levado, nem da mala postal que estava para ser expedida, nem das cartas ou dos inúmeros pacotes e encomendas a serem entregues no povoado. Uma gaveta em que estavam colocadas 300 liras foi arrombada, sem que o dinheiro tivesse sido roubado.

É de se excluir a hipótese de tratar-se de uma brincadeira: os autores da façanha, se descobertos, pagariam muito caro.

Os Reais Carabineiros estão investigando o caso.

COISAS DITAS Nº 5

A

(*Tamburello — Comendador Longhitano — Calogerino*)

"Caro senhor Tamburello! Que prazer vê-lo! O senhor me dá um presente vindo a meu encontro!"

"O prazer e a honra muito grande são todos meus, prezado Comendador Longhitano!"

"Sinto-me muito constrangido só de pensar que o fiz dar-se ao incômodo de vir até Montelusa, mas o fato é que já faz algum tempo que estou aqui, em casa de meu irmão. Estou sofrendo de pequenos distúrbios devidos à idade e meu irmão, que é médico, está me tratando."

"Mas que me diz o senhor? Que distúrbios? O senhor me parece viçoso, está tão bem!"

"O senhor sabe por que me permiti mandar chamá-lo?"

"Não tenho a menor idéia, mas vim imediatamente, só pelo prazer de vê-lo."

"Realmente? Mas agora que o senhor está aqui diante de mim, sinto-me constrangido, tenho vergonha de tê-lo molestado por uma bobagem."

"Mesmo que fosse por nada, estaria igualmente feliz. Fale, estou a seu dispor."

"Sabe, senhor Tamburello, os velhos, como eu, em dado momento se tornam meninos, curiosos acerca de tudo, sempre dispostos a perguntar: 'por que isso?', ou 'e aquilo, o que é?' Quando nós, velhos e meninos, metemos na cabeça uma coisa, não temos mais sossego. E eu estou com uma idéia fixa.

Estou me perguntando sobre o arrombamento ocorrido em seu escritório dos Correios em Vigàta. Vi a notícia no jornal. É verdade que se deram ao trabalho de arrombar a porta e não levaram nada? Senhor Tamburello, comigo pode falar, como em confissão. O que me disser fica guardado, não sai nem que me tirem sangue. Só quero a verdade: que foi que roubaram?"

"Nada de nada, Don Lollò. Juro. Que razões teria eu de vir lhe contar uma história inventada?"

"Mas o senhor tem mesmo certeza de que estes desconhecidos entraram realmente no escritório? Quero dizer, que não arrombaram o portão e depois não tiveram tempo de agir?"

"Certíssimo. Encontrei cartas e pacotes colocados de maneira diferente de como os tinha deixado na noite anterior."

"Tinha tanta correspondência assim?"

"Não senhor, pouca coisa. Tenho aqui no bolso a lista que fiz para o Delegado Spinoso. Ele me pediu e vou ainda levá-la para ele. Está aqui. Vou ler. Correspondência chegada: um pacote para a Farmácia Catena (são ervas medicinais que não se encontram nesta região); um pacote para a Firma Nicolosi (este chegou de Alexandria, com certeza deve conter rolhas); uma carta para Sra. Adelina Gammacurta (do filho que está de boa vida em Roma e vive pedindo dinheiro); uma carta para o *Cavaliere* Francesco de Domini (daquela garota de Canicatti que é sua amante e que ele diz que é sua sobrinha quando ela vem vê-lo em Vigàta); um cartão para o Sr. Carmine Lopiparo (vindo de Milão, de seu irmão Peppe, que está por lá, procurando a mulher que fugiu com um oficial dos *Bersaglieri*[34]. Só isto. Agora, a correspondência a ser distribuída: três cartas e

[34] *Bersaglieri*: corpo motorizado do exército italiano. São os militares mais conhecidos e amados pelos italianos. Sua característica é o chapéu redondo, com plumas de galo, e sua marcha ao som de uma fanfarra. Desfilaram em várias ocasiões no Brasil. (N.T.)

um grande envelope. A primeira era da Sra. Finocchiaro à filha Carolina, que está casada e morando em Trapani (parece que as coisas entre marido e mulher não andam bem, ele a corneia e ela lhe paga com juros); a segunda do Café Castiglione para a Firma Paltazo, de Turim (que fabrica um chocolate muito bom); a terceira era uma carta anônima do *Cavaliere* Lo Monaco dirigida ao doutor Musimecci; o grande envelope..."

"Um momento, Sr. Tamburello. Por que me disse que a terceira carta era anônima se sabe que é do *Cavaliere* Lo Monaco?"

"Por que ele só escreve cartas anônimas, todo mundo sabe. Passatempo. Que há de fazer o coitado do velho? Sei que era do *Cavaliere* porque conheço a caligrafia. O grande envelope, como eu ia dizendo, era o de costume, que o sogro de Filippo Genuardi envia a Palermo."

"Por quê? Filippo Genuardi se mudou? Não mora mais em Vigàta?"

"Não se mudou, mas há mais de um mês encontra-se em Palermo, ou a negócios ou por causa de alguma mulher. O sogro pega as cartas que chegam para ele, põe em um grande envelope e manda para Palermo, endereçado a uma pensão da Rua Tamburello. Eu me lembro porque tem o mesmo nome que eu."

"Então o que estariam procurando?"

"Não consigo nem imaginar. Ou melhor, Don Lollò, peço-lhe um favor."

"Tudo que estiver a meu alcance."

"Se o senhor, em conversa, vier a saber de alguma coisa... Me explico: se o senhor vier a saber por que fizeram o que fizeram... Não sei, me pergunto se por acaso não quiseram me fazer uma desfeita... me mandar um recado, sei lá..."

"Mas o que está pensando? Uma desfeita, um recado a um homem sabidamente de bem como o senhor? Fique tranqüilo, se vier a saber de algo, lhe informo, como merece."

"Comendador, vou indo rápido. Beijo-lhe as mãos. Por favor, não se incomode."

"Até mais, meu caro."

[...]

"Calogerino! Pode vir. O Senhor Tamburello já foi."

"Às suas ordens, Don Lollò."

"Ouviu tudo do outro quarto?"

"Ouvi, sim. O endereço do Genuardi é em Palermo, em uma pensão da Via Tamburello. Já estou indo agora mesmo."

"Não, espere. Talvez eu também queira ir a Palermo. E temos umas coisas a fazer antes. Você vai ter que ir à casa do *Cavaliere* Mancuso, depois lhe digo para quê. Mas viu como é idiota este Tamburello? Levei a conversa de um jeito que acabou me dando o endereço do Pippo Genuardi. Mas nunca poderá dizer a ninguém que fui eu que o pedi de propósito. Está claro?"

"O senhor é um deus, Don Lollò."

"E quer saber de mais uma coisa? Quando ele me disse que tinha no bolso a lista da correspondência que vai entregar a Spinoso, a pedido dele, tive a confirmação de que Spinoso é um policial e tanto. Acho que ele chegou antes de mim à mesma conclusão."

"A que conclusão, Don Lollò?"

"Quanto são dois mais dois, Calogerino?"

"É quatro, Don Lollò."

"E o que é que se embrulha em palha?

"Ricota, Don Lollò."

"Então? "

"Então o quê, Don Lollò?"

"Preste atenção, que eu vou explicar. Suponhamos que um caixa rouba no banco em que trabalha. Para evitar que o descubram, que inventa ele? Age de maneira a que falsos ladrões entrem no banco e levem com eles a caixa. Certo? Mas, como os ladrões do Correio não roubaram nada, conclui-se que Tamburello não tem nada a ver com o caso. Está claro meu raciocínio?"

"Uma beleza, Don Lollò."

"Donde se conclui que os ladrões eram falsos ladrões."

"Agora já não estou entendendo, Don Lollò."

"Um ladrão de verdade pegaria ou não as trezentas liras que estavam na gaveta do escritório?"

"Com certeza."

"Então, santo Deus, isto quer dizer que não estavam procurando dinheiro e sim outra coisa. Que haveria de tão importante em um escritório dos correios?"

"E como é que eu posso saber, Don Lollò?"

"A correspondência, Calogerino."

"Mas se o Tamburello disse que não pegaram a correspondência."

"Não precisavam roubá-la, bastava vê-la. Os falsos ladrões estavam procurando um endereço."

"Maria Santíssima, que cabeça o senhor tem, Don Lollò!"

"Um endereço mantido em segredo, desconhecido de todos no povoado."

"O de Pipo Genuardi!"

"Viu? Você chegou lá. Mas a quem interessaria conhecê-lo? Sua família é claro que sabe, mas não diz. Um amigo de Pippo? Se fosse um amigo de confiança, alguém da casa de Genuardi o daria a ele. Um inimigo? Mas Pippo não tem inimigos dispostos a correr o risco de ir para a cadeia só para saber onde ele está morando em Palermo. Sobramos nós três: eu não tenho nada a ver com o caso. O delegado Spinoso também não, tanto que pediu a Tamburello a lista da correspondência. Eu estou certo de que no momento em que ele ler a lista vai ter a confirmação do estava pensando. E que é o mesmo que eu."

"E qual é a sua idéia, Don Lolló?"

"Que foram os Reais. Os da Arma. Os carabineiros."

"Porra!"

B
(*Calogerino — Cavaliere Mancuso*)

"Eu tenho dignidade, tenho sim, caro senhor Calogerino! Não sou um boneco, não! Diga isto ao Comendador Longhitano!"

"*Cavaliere* Mancuso, ninguém aqui está dizendo que o senhor é um boneco ou que é um homem sem dignidade."

"O Comendador não diz, mas é evidente que pensa!"

"*Cavaliere*, juro que não achamos isso."

"Não senhor! Não senhor! Tanto é verdade que tiveram a coragem de me propor o que estão me propondo! E isto quer dizer que pensam, sim, que acham que eu sou um boneco!"

"Coragem, dignidade... Mas que palavras são essas, *Cavaliere*? Lhe aviso, pra seu bem: não começa a mijar fora do penico. Senão, as coisas mudam de figura. Tô sendo claro? O pensamento, *Cavaliere*, é que nem o vento, ele vem e ele vai, os fatos é que pesam. Como por exemplo, o fato de que o Comendador está fazendo seu filho entrar para o Banco da Sicília. Por isso vamos acabar com essa história de pensar isso e aquilo."

"O senhor tem que me entender, Calogerino. Don Lollò mandou que viesse me ver porque quer que eu escreva uma carta a Filippo Genuardi, agora mesmo, e a entregue ao senhor para que providencie seu envio. Não é isso?"

"Isso mesmo, não tem erro."

"Ainda segundo o Comendador Longhitano, nesta carta

eu deveria escrever que lhe dou permissão de fazer passar a palificação de seu telefone por meu terreno, e sem pagar uma lira. Entendi bem?"

"Entendeu muito bem."

"E é isso que me constrange."

"E por quê?"

"Por que eu já disse *não* a Filippo Genuardi, exatamente por ordem do Comendador."

"Conselho."

"Está bem, a conselho do Comendador."

"E qual é o poblema?"

"Santo Deus, como é que eu faço para explicar a Pippo Genuardi que de repente mudei de idéia?"

"Quando o senhor disse *não* pra ele, explicou a razão?"

"Não, só disse um *não* seco, definitivo, mais nada."

"E agora lhe escreve um *sim*, seco, definitivo e mais nada."

"Sem que Pippo Genuardi me tenha dito nada? Sem que tenha voltado a me pedir a permissão? De acordo com o senhor, eu sou uma pessoa que um dia diz *sim* e no dia seguinte diz *não*? Virei o quê, uma marionete? Uma biruta?"

"Então, como é que fica?"

"Que não me sinto bem com isso. Não quero ficar com a cara no chão."

"É bem melhor ficar com a cara no chão do que..."

"Do que o quê?"

"Do que ter que dar a bunda, por exemplo. Ou perder o emprego de seu filho, se quer outro exemplo. Meus cumprimentos, *Cavaliere* Mancuso. Vou dizer ao Comendador que o senhor não pode lhe fazer este favor."

"Espere, que pressa é essa? Me deixe pelo menos desabafar um bocadinho, Virgem Santíssima!"

C
(Don Nenè — Delegado)

"Bom dia, senhor Schilirò."

"Delegado Spinoso! Que foi? O que aconteceu? Aconteceu alguma coisa com...

"Com seu genro? Com Filippo Genuardi?"

"Não, o que está dizendo? Por que haveria de acontecer algo com Pippo, meu genro? Sabe, é que quando alguém se vê diante de um homem da lei, começa a pensar mil coisas."

"E entre estas mil coisas a primeira é certamente Pippo Genuardi, que é o único de sua casa que está fora de Vigàta, em Palermo."

"Delegado, meu genro Pippo há algum tempo transferiu-se para Palermo... Aliás, me diga, como foi que chegou a saber que se encontra em Palermo?... porque tem intenção de ampliar, com meu apoio, seu comércio de madeiras. Precisa fazer acordos, ver pessoas, tratar com atacadistas... Está explicado?"

"Senhor Schilirò, vamos falar claro. Filippo Genuardi não foi a Palermo a negócios e sim para se esconder."

"Ora essa! Mas o que está lhe passando pela cabeça?"

"O que me passa pela cabeça é a verdade. E o senhor não sabe fazer teatro, não sabe inventar coisas, fica até ruborizado! Senhor Schilirò, eu vim incomodá-lo porque acho que seu genro está entre dois fogos."

"Dois?"

"O senhor se surpreende porque só sabe de um, que o tem na alça de mira: o Comendador Longhitano."

"E quem é o outro?

"O outro, para ser breve, é metade do Estado italiano."

"O senhor quer que eu tenha uma síncope! Que está me dizendo? Espere um momento, que vou abrir a janela, porque estou sem ar. Minha Nossa Senhora!"

"Senhor Schilirò, controle-se. Se o senhor leva tamanho susto, se se espanta tanto, eu não vou lhe dizer mais nada."

"Qu'é isso, está brincando? O senhor tem que me dizer tudo!"

"Com uma condição: que o senhor também me diga tudo."

"Certo. A esta altura dos acontecimentos, não tenho mais nada a esconder."

"Antes de mais nada, uma coisa: eu não estou falando com o senhor como Delegado de Segurança Pública, mas como Antonio Spinoso, cidadão e, se me permite, um amigo."

"O senhor está me deixando realmente alarmado."

"Começo pelo princípio. Pois bem. Um belo dia, seu bendito genro tem a infeliz idéia de conseguir a concessão de uma linha telefônica com sua casa e para isso escreve três cartas ao *Prefetto* de Montelusa. Erradamente, por que isto não se trata com o *Prefetto.*"

"Escreveu-lhe três cartas? E por quê?"

"Porque a *Prefettura* não lhe dava resposta. Porém, devido a uma série de histórias complicadas, o *Prefetto* se convenceu de que Filippo Genuardi era um perigoso agitador, um subversivo."

"E mandou prendê-lo! A Pippo, que nunca foi nem votar!"

"Isto não só não é uma justificativa, como pode parecer um agravante: o senhor Genuardi não vota porque não acredita neste Estado e quer criar um outro, mais de seu agrado. Está claro?"

"Então corrijo o que disse: Pippo nunca se interessou por política. Não sabe nem o que é isso."

"Ouça, deixe-me continuar. A única coisa certa é que o prenderam e ficou fichado. Se não fosse a intervenção do Superintendente de Polícia, a meu pedido, a estas horas seu genro ainda estaria na cadeia."

"Agradeço ao senhor e ao Senhor Superintendente que..."

"Tá bom, deixa isso pra lá. Agora deve saber que justo neste momento estão reunidos em Palermo todos os chefes do movimento operário e camponês da Ilha. Os carabineiros, sempre convencidos de que seu genro faz parte da associação, conseguiram descobrir o endereço dele."

"E como?"

"Como, ora, como... Deixemos isso pra lá, é melhor pro senhor e pra mim. Sabem que está em Palermo, sabem onde mora, e vão fazer de tudo para fodê-lo, comprovando que faz parte da turma de subversivos. Têm que fazer isso para limpar a própria cara. Isto no que se refere à parte do Estado. No que se refere ao lado da máfia, quer dizer, do Comendador Longhitano, é o senhor que tem que me esclarecer as coisas. Certamente houve algo entre eles dois e ponho a mão no fogo se atrás da recusa da Firma Sparapiano de continuar fornecendo madeiras, atrás do *não* dos proprietários dos terrenos por onde deve passar a palificação, atrás da queima do quadriciclo, não está sempre nosso Don Lollò. Mas, qu'é isto? Está chorando?"

"Sim, pensando em meu pobre genro, encurralado entre o Estado e a máfia!"

"Genuardi não está sozinho, se isto o consola. Três quartos dos sicilianos estão também encurralados entre o Estado e a máfia. Mas não podemos perder tempo conversando. A situação está séria e por isso duas coisas são necessárias: a primeira é que Pippo Genuardi saia imediatamente da região, não fique mais em Palermo. A segunda é que o senhor não deve mais escrever para seu genro. Pela correspondência, quem quiser consegue, de um modo ou de outro, achar o novo endereço."

"Olha, delegado, vai surgir uma possibilidade: minha mulher, Lillina, não está bem, coisas de mulher. Daqui a dois ou três dias vai a Palermo, acompanhada de sua irmã, para consultar um especialista. Mando o recado por Lillina, deste modo estamos seguros."

"Perfeito. E agora me fale de Pippo e de Don Lollò Longhitano."

D

(Comendador Longhitano — Pippo)

"Surpresa! Surpresa! Surpresa!"

"Don Lollò! O senhor aqui?! Minha Santa Virgem! Estou perdido!"

"Senhor Genuardi! Senhor Genuardi! Que aconteceu, desmaiou? Teve um troço, o filho da mãe! Mas eu faço você acordar de novo!"

"Meu Deus... Meu Deus... Vai me dar uma surra?"

"Vou, só assim você acorda."

"Meu Deus... Querem me matar de pancadas?"

"Mas que pancadas! Que fedor é este?"

"Me caguei de medo, Comendador. Antes de... posso rezar? Posso dizer o ato de contrição? Eu me confesso a Deus todo-poderoso..."

"Senhor Genuardi, vamos parar com esta palhaçada."

"Maria, Virgem Santa, estou ficando gelado! Que frio! Posso pôr um cobertor nas costas?"

"Ponha, e vamos parar com essa choradeira."

"Estou chorando sem querer. Virgem Santa, que gelo! Estou tremendo todo, estou tremendo!"

"Senhor Genuardi, se acalme e me escute. Apesar das dores que eu estou sentindo, dei-me ao incômodo de vir de Montelusa a Palermo para esclarecer a questão entre o senhor e eu."

"Desculpe, não está armado?"

"Claro que estou."

"Ai, meu Deus! Minha Santa Virgem! Pra que dar trabalho ao revólver? Quer me matar? Eu me confesso a Deus..."

"Cala a boca! E fica quieto!"

"E como é que eu faço pra ficar quieto? Sem querer eu tenho vontade de chorar, de falar e de rezar..."

"Olha, vou colocar o revólver, que está te assustando tanto, aqui na cômoda. Longe de mim."

"Virgem Santa, que calor! Estou ficando todo suado! Pode abrir a janela por mim? Eu não consigo nem ficar em pé, se levantar da cama, eu caio."

"Vamos abrir a janela para o senhorzinho. Assim talvez saia um pouco o fedor da merda com que ele se borrou. Mas cuidado, que a janela agora está aberta."

"E o que quer dizer? Que quer dizer com a janela está aberta?"

"Quer dizer que se o senhor não me escutar tranqüilo e calmo eu o atiro por esta mesma janela."

"Estou bom, estou calmo. Então fale."

"É o seguinte: o senhor Schilirò, seu sogro, veio me dizer outro dia..."

"Foi ele que lhe deu meu endereço em Palermo?"

"Não."

"Então como foi que o senhor fez..."

"Soube por minha conta. E não me interrompa mais. Fico nervoso quando me interrompem. Vamos começar de novo. Seu sogro veio me explicar que tinha havido um equívoco. Em outras palavras, jurou que o senhor e Sasà La Ferlita não estavam mancomunados para me fazer de idiota."

"Eu também juro o mesmo! Que eu fique cego se isto não for verdade!"

"Quieto, já disse. As palavras de seu sogro me convenceram."

"Oh, Virgem Santa, muito obrigado!"

"Pela metade."

"Pela metade? Que quer dizer pela metade? O senhor quer me cozinhar em fogo lento?"

"Pela metade porque eu preciso de uma prova concreta, evidente, de que não houve acordo entre o senhor e Sasà."

"Está bem, concordo. Diga qual deve ser esta prova concreta... Diga o que quer que eu faça, e eu faço."

"Chego lá. No momento estou lhe trazendo duas cartas, que o senhor vai ler depois. Se quiser, lhe digo o que está escrito. Uma é da Firma Sparapiano, diz que houve um erro, lhe pedem mil desculpas e ficam a seu dispor para toda a madeira que vier a precisar."

"Está brincando?"

"Não brinco nunca, nem nisso nem com outras coisas. A segunda carta é do *Cavaliere* Mancuso. Diz que pensou melhor e que o senhor pode fazer em seu terreno todas as escavações que quiser e não lhe exigirá nem uma lira em troca. Está satisfeito?"

"Perdoe-me, mas a alegria está mexendo com meu intestino."

"Agüente mais cinco minutos. Até para o quadriciclo a motor estou procurando um jeito com um amigo da companhia de seguros, para que o indenizem sem lhe encher o saco. Com isso lhe dou provas de que acreditei nas palavras de seu sogro. Pela metade."

"E quanto à outra metade?"

"Aí é que está. Primeiro quero que saiba de outra coisa: tenha cuidado com os carabineiros porque estão cada vez mais convencidos de que o senhor é aliado dos subversivos, souberam deste seu endereço e por isso certamente o estão vigiando."

"Virgem Santa! Mas este endereço já está na boca do mundo! Como é que souberam?"

"Deixa isso pra lá."

"E como eu vou fazer com que mudem de idéia?"

"Os carabineiros?! Fazer com que mudem de idéia? Ah! Esses quando cismam com uma coisa, nem Deus! O que lhe vale é que pelo menos o Delegado Spinoso tem uma idéia diferente."

"Estou ficando gelado de novo. Virgem Santa! Que frio! Estou tremendo! Pode fechar a janela? Estou com as pernas bambas!"

"Pronto, está feito. Voltando a nosso assunto: sabe que tenho em meu poder o endereço correto de seu amigo Sasà La Ferlita? Está aqui, neste pedacinho de papel."

"Por que o coloca na cômoda? Pode lhe servir, se quiser ir lá vê-lo."

"Eu? Eu, não."

"Vai mandar outra pessoa?"

"Sim, o senhor. É por isso que estou lhe deixando o revólver e o endereço."

"Eu?! E o que é que eu vou dizer a ele?"

"Não tem que dizer nada. O senhor vai lá e dá-lhe um tiro."

"Aaaaaaaaahhhhhhhhhhh!"

"Do contrário, quem leva o tiro é o senhor."

COISAS ESCRITAS Nº 6

COMANDO DOS REAIS CARABINEIROS DE VIGÀTA

A Sua Exa.,
o Prefetto *de Montelusa*

Vigàta, 4 de maio de 1892

Assunto: *Genuardi Filippo*

Excelência!

Atendendo rigorosamente às determinações emanadas do Diretor-Geral de Segurança Pública, o *Grande Ufficiale* Sensales, em despacho urgentíssimo, o Senhor Superintendente de Polícia de Palermo informou a respeito da primeira reunião ocorrida nesta localidade, no dia 28 de abril do corrente ano, dos adeptos do assim chamado "*Fascio* dos Trabalhadores".

Entre os perigosos embusteiros aí congregados que pudemos identificar, volta a aparecer o nome de Filippo Genuardi, já assinalado na carta-circular do Diretor-Geral de Segurança Pública datada de 8 de abril do corrente ano.

Este Comando ora tem o imperioso dever de levar ao conhecimento de V. Exa. o seguinte:

1. Estando o supracitado Genuardi há muito ausente de Vigàta, imediatamente tivemos a intuição de que ele teria ido para outro lugar, não em função de seus negócios (como

alguns de seus familiares fizeram espalhar), mas para tecer suas obscuras tramas.

Por isto enviamos um carabineiro nosso, em trajes civis, para que indagasse, sob algum banal pretexto, o endereço do Genuardi a seu sogro Emanuele Schilirò. Porém, este, com evidente constrangimento, mostrou-se reticente, eludindo a resposta. A atitude deste familiar reforçou ainda mais nossa intuição.

2. O cabo Paolantonio Licalzi, encarregado da busca do Genuardi, submeteu a nós seu pedido de autorização para um ousado plano visando chegar a conhecer, sem dúvidas, o endereço do agitador. Em um primeiro momento, dada a periculosidade do plano, que, em caso de infeliz insucesso, acarretaria, sem dúvida, prejuízo à carreira do Licalzi e ao bom nome da Arma, me opus firmemente. Apesar das reiteradas insistências do Licalzi, e do *carabinieri* Anastazio Trompadore, que queria se unir à empreitada de seu superior e amigo Licalzi, me mantive firme em minha recusa. Mas a carta-circular do Diretor-Geral de Segurança Pública, antevendo a gravidade da situação e estimulando à ação, rompeu com minha hesitação.

O ousado plano, posto em prática com cautela e discrição, deu o brilhante resultado esperado: trouxe a nosso conhecimento o endereço do Genuardi.

3. Ao sabermos que o Genuardi está morando em uma pensão da Rua Tamburello, em Palermo, informamos, por dever de ofício, ao Comando dos Reais Carabineiros de lá, que imediatamente ordenou atenta vigilância sobre o indivíduo em questão.

4. Diabolicamente o Genuardi deve ter conseguido fugir à cerrada vigilância a que estava submetido (os relatórios diários dos Reais Carabineiros de Palermo não assinalam qualquer movimento suspeito de sua parte), pois de outro modo

não se poderia explicar sua participação nas reuniões preparatórias e nas manifestações da criação dos "*Fasci* dos Trabalhadores", como se deduz da circular da Direção-Geral da Segurança Pública e do relatório posterior da Segurança Pública de Palermo.

Levamos ao conhecimento de V. Exa. o que acima consta não por mera exibição de mérito, acostumados como estamos a "obedecer em silêncio e em silêncio morrer", mas para que nos dêem ordens a respeito das providências a serem tomadas quando o Genuardi retornar a Vigàta.

Limitar-nos à vigilância, embora ainda mais atenta, para com um indivíduo como o Genuardi, que se caracteriza por sua grande capacidade de escapar (às vezes parece dotado do dom da ubiqüidade!) e por sua indiscutível periculosidade social, nos parece, que V. Exa. perdoe o atrevimento, providência absolutamente inadequada e irrelevante, tendo em vista a singular atitude do Delegado de Segurança Pública de Vigàta, Antonio Spinoso, que age de modo tal, que parece não só relutante mas até hostil a nossas investigações a respeito do Genuardi. Não se trata, obviamente, de conivência, mas de inconsciente obtusidade.

No caso de Genuardi, talvez uma ordem de restrição viesse a ser mais que oportuna.

Respeitosamente,

Tenente Ilario Lanza-Scocca
Comandante dos Reais Carabineiros

REAL *PREFETTURA* DE MONTELUSA
O *Prefetto*

Ao Grande Ufficiale
Arrigo Monterchi
Superintendente de Polícia de Montelusa

Montelusa, 6 de maio de 1892

Senhor Superintendente,

Pela presente venho comunicar-lhe que uma sensível melhora de meu estado de saúde, gravemente afetado por uma queda da qual o senhor *certamente* terá sido informado, *com todos os detalhes*, permitiu-me retomar com firmeza as rédeas da *Prefettura*. E isto já há alguns dias.

Informo-lhe, igualmente, que meu ex-Chefe de Gabinete, Parrinello Corrado, foi transferido, com pedido meu de urgência, para a *Prefettura* de Sassari (Sardenha) na função de Chefe do Arquivo. A conduta deste desprezível indivíduo para comigo foi indigna e sórdida. Valendo-se de meu momentâneo estado de perturbação, devido às duras provas a que a Vida me tem submetido, sistematicamente ele deixava de manter-me informado a respeito de fatos que exigiam minha imediata intervenção. Como se isto não bastasse, às justas reclamações dos postulantes ameaçava com o agravamento de minhas condições, qualificando-me, assim, aos olhos de todos como um inútil, um peso-morto para a *Prefettura*. Desnecessário alongar-me mais a respeito dos malfeitos do Parrinello, de que, aliás, o senhor *deve estar perfeitamente a par.*

Levo a seu conhecimento que, a partir de ontem, nomeei como meu Chefe de Gabinete o Doutor Giacomo La Ferlita, homem leal e generoso, que me revelou as manobras e tramas do Parrinello visando a me prejudicar. Entre outras coisas, o doutor La Ferlita achou por bem colocar-me a par de sua suspeita de que minha queda da escada não tenha sido acidental, mas propositalmente provocada por ato do Parrinello, levado por sua vontade de poder, de governar a Província em meu lugar. Infelizmente o doutor La Ferlita não tem como aduzir provas, do contrário de bom grado eu teria apresentado uma denúncia à Justiça contra meu ex-Chefe de Gabinete por tentativa de homicídio.

Para seu conhecimento, informo-lhe que foi acolhido, pelo Comandante da Legião[35] dos Reais Carabineiros de Palermo, meu pedido de prisão para Genuardi Filippo, que lá se encontra. Tal providência foi por mim tomada após ter recebido detalhado relatório do Comando dos Reais Carabineiros de Vigàta, cuja cópia segue anexa. Já anteriormente o Tenente Lanza-Scocca havia assinalado a periculosidade do Genuardi, mas o Parrinello, por razões obscuras que não quis me revelar, havia conseguido ocultar-me as informações relativas ao caso.

Solicito-lhe, oficialmente, um processo disciplinar contra seu subordinado Antonio Spinoso, Delegado de Segurança Pública de Vigàta, cuja conduta foi sempre no sentido de obstacular as brilhantes operações dos Reais Carabineiros.

Generosamente, o Tenente Lanza-Scocca exclui a hipóte-

---

[35] *Legione*: unidade orgânica dos carabineiros. A arma tem postos de polícia em todos os mais de 8.000 municípios da Itália, comandados por suboficiais nos centros menores e por oficiais nos de maior importância. A legião geralmente tem sede nas capitais das vinte regiões. (N.T.)

se de algum acordo tácito entre o Genuardi e o Spinoso. Eu, no entanto, sou de parecer contrário, e temo que tal acordo seja também *de nível diverso* e *bem mais elevado.* Sed de hoc satis.

Respeitosas saudações,

Vittorio Marascianno
Prefetto

(*Confidencial*)

Ao Senhor Superintendente
de Polícia de Montelusa

Vigàta, 8 de maio de 1892

Senhor Superintendente,

Voltamos à estaca zero! Não sei mais se devo rir ou chorar. Procurarei responder ordenadamente, apesar de a raiva me trazer lágrimas aos olhos e fazer tremer-me a mão.

O Genuardi F. (abreviado), mencionado na circular da Direção-Geral de Segurança Pública e que volta a ser citado, sempre com o F. abreviado, no relatório que o senhor Superintendente de Polícia de Palermo enviou aos colegas da Ilha, não deve ser necessariamente lido como Filippo, como arbitrariamente estabeleceram os Reais Carabineiros de Vigàta. Seu nome de batismo poderia ser, à nossa escolha, Filiberto, Federico, Fulvio etc. etc.

E, de fato, trata-se de Genuardi Francesco, de 42 anos (ou seja, dez anos mais velho), filho de Cettina Barresi e de Nicolò Gerlando Genuardi, nascido, sim, em Vigàta, e por isso constando do Registro Civil de lá, mas que, levado pelos pais para Palermo, aos três meses de idade, ali ficou domiciliado até hoje.

O Francesco Genuardi, que fique bem claro, não tem qualquer relação de parentesco com o Filippo Genuardi.

Francesco Genuardi é há muito conhecido em todas as Superintendências e Delegacias de Polícia da Sicília, como indivíduo violento, rixento, dado à bebida, sempre disposto à agitação e à revolta. Já foi várias vezes condenado.

Que o Filippo Genuardi não participou, nem em pensamento, da fundação do "*Fascio* dos Trabalhadores" é coisa mais do que comprovada pelo relatório que me chegou exatamente ontem de Palermo (e que segue anexo), enviado pelo colega Vincenzo Batiatto, ao qual eu pedi explicitamente que mandasse vigiar todos os movimentos do Filippo Genuardi, por razões totalmente opostas às dos Reais Carabineiros.

Esclareço de antemão que, enquanto os Reais Carabineiros da Vigàta se apossaram do endereço do Genuardi Filippo por meio de um procedimento ilegal e passível de séria condenação (não estou em condições de revelar-lhe qual foi; se o senhor viesse ter conhecimento dele, teria que assumir uma atitude oficial), eu tive conhecimento dele simplesmente conquistando a confiança do sogro do Genuardi.

Senhor Superintendente, se estou mandando vigiar o Filippo Genuardi em Palermo, é porque temo por sua vida.

Estou convencido, como já lhe escrevi, de que, por trás das recentes desventuras do Genuardi, está a mão daquele respeitado homem que já lhe apontei, chamado Don Calogero (Lollò) Longhitano, Comendador!

Fiquei também sabendo que nestes dias o Longhitano extorquiu de um dos proprietários, Filippo Mancuso, uma carta de consentimento (anteriormente recusado) para a colocação dos postes telefônicos em trecho de terreno de sua propriedade. Ao mesmo tempo, o Longhitano fez com que a referida Firma Sparapiano voltasse atrás de seu propósito anterior de não mais fornecer madeiras ao Genuardi.

Isto me deu maior preocupação ainda. Não se trata, como poderia crer alguém que desconheça os procedimentos dos mafiosos, de um sinal de paz por parte do Longhitano. Pelo contrário. Ele está agindo sobre a vontade do Genuardi do mesmo modo que os camponeses quando querem fazer andar um burro empacado: paulada e cenoura[36].

A pergunta que me faço é esta: em que caminho o Longhitano quer que o Genuardi se meta? Qual será, no caso de obstinada recusa, o porrete que usará até matá-lo?

No entanto, posso antecipar-lhe o que vai encontrar, com detalhes, no relatório de meu colega Batiatto, de Palermo: durante sua estadia na pensão da Via Tamburello, o Genuardi recebeu apenas duas visitas. A primeira, que durou pouco mais de uma hora, do Longhitano (exatamente dele); a segunda, de mais de quatro horas, da jovem mulher do sogro. Após esta última visita, o Genuardi sumiu na poeira, escapando assim ao mandado de prisão expedido pelo *Prefetto* de Montelusa.

Algo está acontecendo: ou o Genuardi se meteu no caminho que o Longhitano queria, ou fugiu para não lhe obedecer, seguindo talvez uma sugestão do sogro, transmitida por sua mulher, a Sra. Lillina.

Não posso pedir maior colaboração aos colegas de Palermo: eles estão atualmente empenhados no fichamento dos militantes políticos e estão se descuidando dos mafiosos. Perdoe-me o desabafo. Seja como for, voltando à carta do *Prefetto*, comunico-lhe que, se o senhor considerar necessário, estou pronto a pedir minha demissão.

Seu dedicado servidor,

Antonio Spinoso

---

[36] *Bastone e carota*: significa alternar maneiras duras e suaves, sedução e coação. Foi o lema adotado pelos fascistas para com seus adversários, políticos ou não. Sobretudo o uso do óleo de rícino e o bastão (porrete) foram os instrumentos mais "educativos" empregados para convencer os contrários. É conhecidíssima uma célebre canção dos fascistas: "*fascisti e comunisti giocavan a scopone e vinsero i fascisti con l'asso di bastone*". (N.T.)

"A Gazeta de Palermo"
Diário

Diretor G. Romano Taibbi 9 de maio de 1892

TENTATIVA DE HOMICÍDIO COM ACIDENTE

O contador Rosario La Ferlita, ao sair ontem de sua residência, situada na Rua Oreto nº 75, de repente disparou em fuga por ter entrevisto alguém que o esperava próximo ao portão de entrada. O indivíduo visto por La Ferlita disparou realmente em sua direção um tiro com arma de fogo, que alcançou a vítima na panturrilha esquerda. O tiro fez empinar um cavalo atrelado a uma carroça cheia de frutas que estava nas cercanias. O animal, ao partir em desabalada corrida, atropelou com a carroça a La Ferlita, que nesse ínterim tinha caído ao chão. Detido prontamente pelo senhor Angelo Signorello, guarda carcerário, que por ali passava neste momento, o atirador foi apanhado e preso. Trata-se de Filippo Genuardi, de 32 anos, habitante de Vigàta, Montelusa. Que não quis dar declarações a respeito do acontecido, fechando-se no mais absoluto silêncio.

Detalhe curioso: o Genuardi estava com uma permissão provisória de porte de armas, dada pelo departamento competente, com data de 8 do corrente, como se tivesse buscado ficar dentro das normas da Lei antes de levar a cabo sua tentativa de homicídio!

Internado no Hospital Beata Vergine, o La Ferlita, além da ferida na perna esquerda, teve numerosas fraturas e forte concussão cerebral, devidas à carroça que o atropelou.

A Segurança Pública está fazendo investigações.

"A Gazeta de Palermo"
Diário

Diretor G. Romano Taibbi 10 de maio de 1892

NOVAS ACUSAÇÕES AO GENUARDI

Filippo Genuardi, 32 anos, de Vigàta, recebeu, no cárcere da Ucciardone, onde já se encontrava encarcerado por tentativa de homicídio do contador Rosario La Ferlita, nova ordem de prisão cautelar por atividades subversivas, participação em reuniões sediciosas, tentativa de trampa em prejuízo da "Fondiaria Seguros", incêndio doloso e perturbação da ordem pública. O mandado foi expedido por nosso Tribunal, a pedido da *Prefettura* de Montelusa.

Genuardi, que ainda não revelou as razões de seu gesto, nomeou seu defensor o advogado Orazio Rusotto, figura eminente do Foro de Palermo. Soubemos que as condições gerais do contador La Ferlita continuam graves. Entre outras coisas, o dr. Pietro Manciaforte, um dos dirigentes do hospital, comprovou no paciente total amnésia, causada pelo traumatismo craniano.

O irmão do La Ferlita, dr. Giacomo, atualmente Chefe de Gabinete do *Prefetto* de Montelusa, por conta e em nome de Rosario La Ferlita, abriu processo contra o Genuardi. Será representado no tribunal pelo advogado Rinaldo Rusotto, irmão mais novo do defensor do Genuardi.

O doutor Giacomo La Ferlita fez questão de assinalar que o mandado para o advogado Rinaldo Rusotto se refere *somente* ao episódio criminoso que gerou o ferimento.

MINISTÉRIO DO INTERIOR
Diretoria-Geral de Segurança Pública
O Diretor-Geral

Aos Srs. Prefetti
da Sicília
e
Aos Srs. Superintendentes de Polícia
da Sicília

Carta-circular 16 de maio de 1892

Como Vossas Excelências e Vossas Senhorias certamente sabem, a partir de 5 de maio próximo passado, tomou posse o novo Governo, presidido por Sua Excelência Giovanni Giolitti.

Desde a primeira reunião do Conselho de Ministros, segundo nota que me foi enviada por Sua Exa., o Ministro do Interior, o Presidente Giolitti expressou sua determinada e firme vontade de realizar substanciais mudanças na atitude até então adotada pela Forças da Ordem para com todos os que, de forma mais ou menos evidente, têm manifestado e continuam manifestando idéias de transformação social.

Sua Excelência Giolitti acrescentou que é seu propósito garantir a todos os cidadãos liberdade de pensamento, liberdade de opinião e possibilidade de livre associação, comprometendo-se pessoalmente a velar por que sua vontade seja realmente cumprida pelas Autoridades competentes.

Por conseguinte, Sua Exa., o Ministro do Interior fez

chegar a minhas mãos as seguintes normas regulamentares, que terão que ser *taxativamente* executadas, sem burocráticas delongas:

1. Cessação imediata do fichamento

2. Imediata cessação das interceptações e controles de correspondência

3. Imediata cessação da vigilância, ordens de busca e apreensão etc.

4. Imediata cessação do fornecimento a Bancos, Instituições estatais e Entidades de informações referentes às idéias políticas de qualquer cidadão.

5. Devolução, a quem de direito, de todos os documentos apreendidos por motivos políticos.

Esta Direção-Geral está pronta a responder a todas as questões que lhe venham a ser enviadas sobre o assunto.

É óbvio que, em caso de atos de violência ou de perturbação da ordem pública, o procedimento deverá ser o de costume, segundo o Código Penal. Queiram Vossas Excelências e Vossas Senhorias receber nossos votos de um bom trabalho.

Giuseppe Sensales
Diretor-Geral de Segurança Pública

P. S. *Visando apenas documentar* o imenso montante de trabalho desenvolvido em atenção às ordens recebidas do Governo anterior de Di Rudin, consideramos oportuno que todo o material coletado (fichamentos, relatórios, endereços, cartas anônimas, informações diversas) não seja destruído nem queimado: deve permanecer arquivado em pastas em ordem tal que possam ser prontamente encontradas.

(*Confidencial*)

A Sua Exa. Vittorio Marascianno
Em sua residência particular
Real Preffetura *de Montelusa*

Roma, 18 de maio de 1892

Caríssimo Marascianno,

Com o maior prazer recebi sua carta de 10 de maio do corrente, na qual me comunica a melhora de suas condições de saúde após a infeliz queda sofrida. E peço-lhe acreditar que estou realmente contente com isso.

Entro de imediato, e com a maior franqueza, no assunto.

De várias partes fui informado de uma prisão que o senhor teria "arbitrariamente" ordenado, de um certo Filippo Genuardi, de Vigàta.

Mandei que se fizesse cuidadosa investigação, não para pôr em questão sua decisão, mas para salvaguardá-lo de uma ação involuntariamente errônea, até porque as diretrizes do novo Governo são no sentido de que se chegue a uma geral pacificação dos ânimos. Acontece que as investigações deixaram clara a insuficiência (quando não a carência) de provas em que se baseia sua acusação. O senhor certamente *foi levado a um engano devido a informações incorretas.*

O senhor sabe que fui eu quem, para atender a Pessoa que me foi sumamente cara, o fez entrar na carreira. Como se costuma dizer, fui eu quem o assistiu em seus primeiros e hesitantes passos: portanto, paternalmente sugiro, em seu próprio interesse, que o senhor mande libertar imediatamente o Genuardi, a não ser que esteja privado da liberdade por crimes não políticos. Caso estes últimos existam (como parece ser o caso), o Genuardi ficaria na cadeia, mas não poderia seguramente dizer-se perseguido pelo Estado na Pessoa de Quem o representa.

Determinei, *motu proprio*, que lhe seja concedido um mês de licença para convalescer-se.

Cordialmente,

Giuseppe Sensales

REAL *PREFETTURA* DE MONTELUSA
O Prefetto

Ao Grande Ufficiale *Doutor*
Pompilio Trifirò
Juiz da Vara Penal
Palermo

Montelusa, 19 de maio de 1892

Assunto: *Genuardi Filippo*

Exmo. Sr. Juiz,

Comunico-lhe que na data de hoje emiti normas precisas para que as acusações de atividades sediciosas, perturbação da ordem pública, incêndio doloso, tentativa de trampa em prejuízo da "Fondiaria Seguros", contra a pessoa supracitada sejam retiradas imediatamente.

Elas tiveram origem na culposa desatenção do Chefe do Comando dos Reais Carabineiros de Vigàta, que, além de ter realizado uma infeliz troca de pessoas, acreditou que o Genuardi tivesse cometido atos criminosos em proveito próprio.

Vossa Senhoria certamente há de compreender quanto me custa esta retratação, porém *"amicus Plato sed magis amica veritas"*!

Pedindo desculpas pelo distúrbio provocado, atenciosamente.

Vittorio Marascianno

COMANDO-GERAL DA ARMA
DOS REAIS CARABINEIROS
O Comandante-Geral para a Sicília

Ao Tenente
Ilario Lanza-Scocca
Chefe dos Reais Carabineiros
de Vigàta

Palermo, 10 de junho de 1892

Tenente!

O senhor, por motivos que desconheço, mas que serão trazidos à luz mediante o inquérito que acabo de solicitar a seu respeito, não só agiu com censurável leviandade para com Sua Exa., o *Prefetto* de Montelusa, como expôs igualmente ao escárnio algumas das Autoridades máximas do Estado.

Portanto, minhas providências em relação a sua indigna conduta são as seguintes:

1) Aplicação de uma pesada advertência, que ficará registrada em sua ficha funcional;

2) Prisão por 20 (vinte) dias;

3) Transferência a ser efetivada até, no máximo, 30 de agosto próximo, para o Comando dos Reais Carabineiros de Oristano (Sardenha), em função subalterna.

Carlo Alberto de Saint-Pierre
Comandante-Geral

COISAS DITAS Nº 6

A

(Advogado Orazio Rusotto)

... e portanto não me resta senão pedir vênia por esta minha longa introdução, que ainda não entra no mérito do processo que se está celebrando. Meu Deus! Será que eu acabo de dizer exatamente isso? Senhor Presidente, Senhores da Corte, ajudem-me, por favor! Será que disse mesmo "que não entra no mérito?" Então cometi um erro, senhores! Pela primeira vez o advogado Orazio Rusotto sente-se na obrigação de admitir, publicamente, estar equivocado, de ter cometido um erro gravíssimo! Porque, ao contrário, tudo que eu disse até este momento tem a ver, e como!, com todo o processo! Porque do mesmo modo que meu cliente, Filippo Genuardi, se viu, devido a um banal erro de pessoa, transformado em um subversivo que nega a Deus, a Pátria e a Família, do mesmo modo, repito e enfatizo, aqui se está correndo o risco de transformar um gesto generoso e altruísta do Genuardi em um ato criminoso.

O erro judiciário, meus senhores, é o terrível perigo que paira sobre todo julgamento. A pergunta que atormenta o cérebro, o coração, o sentimento de todo homem que exerce a Justiça, que lhe causa insônia, é sempre a mesma: estaria eu errando?

Por isso vou me ater estritamente aos fatos, concretos, com peso, capazes de eliminar toda e qualquer dúvida.

A testemunha Giovanni Patanè, que tem uma banca de frutas exatamente ao lado da porta de entrada da casa em que mora o contador La Ferlita, declarou, *sob juramento*, que viu o Genuardi tirar o revólver e atirar para o alto.

A testemunha Pasqualina Cannistrello, vendedora ambulante, declarou, *sob juramento*, que viu o Genuardi "atirar nas avezinhas", como diz de forma expressiva: atirar nos pássaros, quer dizer para o alto.

Querem que os aborreça com a lista de outras sete testemunhas que igualmente declararam, *sob juramento*, exatamente a mesma coisa? Serão eles, todos, indistintamente, mentirosos? Se assim é, eu formalmente o convido, Senhor Promotor, a oficiar contra eles por falso testemunho.

Se o Senhor não o fizer, isso significa implicitamente que as testemunhas afirmaram a verdade, ou seja, que meu cliente atirou para o alto.

Passemos ao testemunho do guarda carcerário que efetuou a prisão do Genuardi. O guarda, *sob juramento*, declarou que, no exato momento em que o Genuardi atirou, ele estava escolhendo algumas peras na banca de frutas da testemunha Patanè e que foi o ruído do disparo que fez com que se voltasse de imediato.

Ele viu, as palavras são textuais, o Genuardi "baixando a mão armada", portanto não está absolutamente em condições de precisar se o Genuardi teria disparado para o alto ou na direção do La Ferlita. Acrescentou até que, no momento da prisão, não só o atirador não opôs resistência (e olha que ele estava ainda com a arma fumegante na mão, ao passo que o guarda estava desarmado), mas parecia até abúlico, como que apatetado. Em suma, não há ninguém capaz de testemunhar ter visto o Genuardi apontar o revólver contra o La Ferlita.

Senhor Presidente! Senhores da Corte!

Com palavras simples, com afirmações simples, eu lhes direi a verdade dos fatos, do mesmo modo como eu a apreendi nas palavras fragmentadas, comovidas e desesperadas do

Genuardi, um homem ferido em sua honra e humilhado, um homem de quem o destino cínico e falaz parece querer caçoar! Mas, vejam bem, a história que ele me contou eu fui verificar, ponto por ponto, porque ninguém, nem nesta sala nem fora dela, jamais pôde afirmar que o advogado Orazio Rusotto tenha assumido a defesa de alguém de cuja inocência não estivesse profundamente convencido.

Tendo-se transferido há algum tempo, a negócios, de sua nativa Vigàta para Palermo, Filippo Genuardi veio a saber, casualmente, do endereço de seu compatriota e fraterno amigo Rosario La Ferlita, com quem havia perdido contato. Genuardi e La Ferlita, amigos de infância, sentaram-se durante anos no mesmo banco de escola, partilharam depois as emoções dos primeiros amores, as primeiras desilusões, tudo confidenciando um ao outro. Eram inseparáveis, em Vigàta os chamavam de "Castor e Pólux". Estavam sempre dispostos a defender um ao outro, sempre prontos a dividir tudo, pão, dinheiro, felicidade. Quando o Genuardi se casou, o La Ferlita endividou-se até o pescoço para dar um belo presente ao casal. Quando La Ferlita ficou doente, o Genuardi ficou a sua cabeceira, dia e noite, um mês inteiro. A amizade! Este dom divino de que só os seres humanos, por bondade do Criador, podem desfrutar plenamente na terra! Lembram-se de Cícero, o grande Cícero? "*Quid dulcius quam habere, quicum omnia audeas sic loqui ut tecum?*". Basta! Não quero emocionar-me nem fazer com que se emocionem. Portanto, depois de tudo que acabo de dizer, não era mais que natural que meu cliente fosse visitar o amigo que não via há tanto tempo? Ao chegar perto da porta de entrada, ele viu que o amigo estava saindo, correndo. Por que o La Ferlita corria? Obviamente não para evitar o encontro com o Genuardi, que ele nem chegou a ver, mas porque estava muito atrasado para o encontro marcado no dia anterior com o senhor Amilcare Galvaruso. O próprio

Galvaruso afirmou, *sob juramento*, ser esta a verdade. Infelizmente devo abrir um parêntese. O cronista do diário local, ao narrar o acontecido, escreveu que ele começou a correr no momento em que avistou o Genuardi ali, à espreita. Eis, senhores, como se distorcem os acontecimentos! Eis como a imprensa costuma desvirtuar a realidade criando na opinião pública um *fumus* de culpa antes mesmo que os fatos sejam esclarecidos. E este irresponsável modo de agir se torna um fértil húmus para o erro judiciário. Permitam-me lembrar, só como inciso, que este mesmo que ora lhes fala foi por duas vezes vítima de erro, sofreu inocente no cárcere, mas ao final a Justiça soube restabelecer a verdade e eu, ex-acusado inocente, ora aqui estou para defender do erro outro inocente, pois sofri na carne e no espírito o terrível *vulnus* da inocência negada. Fechado o breve parêntese.

Então, como estava dizendo, ao chegar perto da porta de entrada o Genuardi viu o amigo sair correndo. Ia chamá-lo quando, horrorizado, percebeu que um cavalo bravo atado a uma pesadíssima carroça dirigia-se desabaladamente na direção do La Ferlita que, tendo tropeçado, estava caído no chão. Num átimo, para evitar o pior, na tentativa de fazer desviar o cavalo de seu percurso homicida, o Genuardi sacou do revólver e desfechou um tiro para o alto. Infelizmente, o cavalo, apesar do disparo, prosseguiu em sua fatal corrida.

Isso é tudo! Esta é a clara e inequívoca verdade.

Ah, compreendi! Há alguém entre vocês com um sorriso mal esboçado. Compreendi. Minha intuição me diz que um de vocês está me dizendo: "Ah, não, meu caro doutor Rusotto, você não está falando a verdade! E como é que o projétil foi se alojar na perna do La Ferlita caído no chão, se o Genuardi havia atirado pro alto?"

Creiam-me, senhores, vocês me propõem a pergunta que eu mesmo me fiz durante longas e atormentadas noites.

Também o Genuardi se fizera a mesma pergunta com inenarrável tormento. Senhor Presidente! Senhores da Corte!

A inquestionável resposta a esta persistente pergunta chegou-me somente antes de ontem, pela argúcia e ciência do exímio professor Aristide Cusumano-Vito, luminosa figura de expert em balística. O professor Cusumano-Vito, como todos neste tribunal sabem, deixou-nos há aproximadamente quinze dias, depois de um ataque de cirrose hepática. Mas havia conseguido redigir a perícia, embora com mão trêmula, que torna por momentos a sua grafia irreconhecível, devido às terríveis dores que o atormentavam. O filho do professor, encontrando o documento entre os papéis paternos, fez questão de entregá-lo a mim quando eu já tinha perdido toda esperança de consegui-lo. Aqui está a perícia e peço que seja anexada ao proceso.

Nela o professor Cusumano-Vito afirma que o disparo, assim que explodiu, saiu para o alto, mas só por um segundo, porque súbito, em sua trajetória, bateu de encontro à grade de ferro da varanda sob a qual se encontrava o Genuardi. O projétil, retrocedendo em ângulo agudo, foi atingir a perna do La Ferlita.

Meu cliente atirou para o alto com a rapidez de um reflexo, para evitar que o amigo querido, o irmão!, pudesse...

B
(*Sasà — Giacomo La Ferlita*)

"Finalmente, finalmente, finalmente! Bons olhos o vejam! Desde 8 de maio estou arrebentado aqui na cama de um hospital e você não veio nunca me visitar! Que belo irmão eu tenho! Posso ter orgulho dele!"

"Desabafou, Sasà? Posso falar? Acredite em mim: a partir do momento em que ocupei o cargo de Chefe de Gabinete na *Prefettura* não consigo ter nem um minuto pra comer, de tão sobrecarregado de trabalho, quanto mais conseguir tempo para vir de Montelusa a Palermo! Te tratam bem aqui no hospital?"

"Bem? Quanto a cuidar-me, estão me cuidando bem. Mas tenho a impressão que estou na prisão, Giacomì."

"Mas o que está dizendo?"

"Veja você mesmo: quando me trouxeram para o hospital, me trancaram neste quarto, sozinho, não posso ver ninguém, ninguém pode entrar aqui, nem um cachorro me responde au! se eu fizer uma pergunta, não me compram o jornal. Não sei nada de nada do que está acontecendo lá fora. Por exemplo: estão movendo um processo contra aquele grandecíssimo corno do Pippo Genuardi?"

"Estão."

"E como está indo, ah?"

"De certo ponto de vista, bem."

"Que quer dizer de certo ponto de vista, Giacomì? O ponto de vista é um só, é que este corno, por ordem de Don

Lollò Longhitano, tentou me matar. E por isso tem que ser metido na cadeia."

"Sasà, me escute, porque a coisa não é tão simples assim. Você sabe que eu abri uma ação cível em seu nome?"

"Não, mas me parece correto. Fez bem. Temos que deixar o Pippo Genuardi sem nada. Que advogado contratou? Custa caro?"

"Não nos custa nem uma lira. Faz isso gratuitamente. Trata-se do advogado Rinaldo Rusotto, irmão do advogado Orazio Rusotto, que está defendendo o Pippo Genuardi."

"Será que eu entendi bem?"

"Entendeu muito bem."

"Mas que porra é esta? Eles são irmãos! Capaz de se entrosarem para nos enrabar! Quem te recomendou este Rinaldo Rusotto?"

"Quer mesmo saber? Don Lollò Longhitano."

"O Comendador?!"

"Foi ele que me disse que devíamos abrir uma ação cível."

"Está se pondo contra Pippo Genuardi, que atirou em mim por ordem dele?"

"Don Lollò me explicou que era tudo uma encenação, mas uma encenação que deve parecer verdadeira."

"Repare que este advogado não veio nem uma vez falar comigo!"

"Não veio porque você, mesmo quando falava, só dizia coisas sem sentido. O professor Mangiaforte, médico em chefe do hospital, declarou que você estava sofrendo de amnésia."

"E que porra de menésia é esta?"

"Escuta, Sasà, eu entendo que você está agitado, mas deve parar de dizer palavrões, isto me incomoda. Amnésia quer dizer que você perdeu a memória."

"Mas se eu me lembro de tudo!"

"Você quer contradizer a palavra de um médico como o Mangiaforte?"

"Virgem Santíssima, estão todos combinados!"

"Até que enfim você entendeu. Puseram-se todos de acordo, e Filippo Genuardi deve sair absolvido deste processo. E você, se me quer bem e quer bem a si mesmo, tem que fazer mais uma coisa."

"Que querem?"

"Tem que escrever uma carta que depois vou lhe ditar."

"E se eu não escrever?"

"Sasà, seus ossos estão se recompondo?"

"Quase, quase."

"Don Lollò Longhitano me disse o seguinte: fique sabendo que, se o Sasà não escrever a carta, eu mando alguém ao hospital com a ordem de que lhe rompam de novo os ossos, um por um. Como não pode se levantar, não pode saltar de uma casa para outra como um gafanhoto, sabemos onde encontrá-lo. Foi exatamente o que me disse. E para mim disse outra coisa."

"Que te disse ele, meu irmão?"

"Que acabava com minha carreira na *Prefettura*. Falando a todos de mim e de Tano Pùrpura."

"E que tem ele a dizer? Tano e você são amigos desde sempre, há quinze anos que, por razões econômicas, vivem na mesma casa... Que mal pode ele falar?"

"Pode dizer, como já me ameaçou, que Tano e eu somos marido e mulher."

"Mas não há ninguém no mundo que pense semelhante coisa de Tano e de você!"

"Sasà, tenho pouco tempo. Don Lollò não só pensa isso, como ele pode dizer, sim. Tem em mãos um bilhete. Um bilhete que Tano me escreveu."

"Ah, entendi. Fala o que é que eu tenho de escrever na carta."

C

(Presidente — Advogado Rinaldo Rusotto)

"Tem a palavra o advogado Rinaldo Rusotto, representante do contador Rosario La Ferlita, que entrou com a ação."

"Obrigado. Senhor Presidente, Senhores da Corte! Serei brevíssimo. Não farei mais que ler esta declaração de meu cliente, o contador Rosario La Ferlita, ditada ao notário Cataldo Rizzopinna e que peço seja anexada aos atos:

"'Ontem, ao recuperar, por Graça do Senhor, a minha memória por tanto tempo perdida, apresso-me a confirmar que, na manhã do acidente que me aconteceu, tinha um encontro de negócios com o senhor Amilcare Galvaruso. Tendo me atrasado, saí correndo pela porta de entrada e quase imediatamente tropecei, caindo. Do que em seguida sucedeu lembro-me apenas do cavalo bravo que vinha em minha direção. Antes tivesse eu visto meu amigo Pippo Genuardi! Correria para seus braços e não me aconteceria o que me aconteceu, a ele e a mim. Isto é a pura verdade. De que dou fé. Rosario La Ferlita.'"

"Que mais posso dizer, senhores? Após a leitura que fizemos, nós retiramos a ação cível proposta. Obrigado."

D

(Calogerino — Comendador Longhitano)

"Don Lollò, Pippo Genuardi está de volta. Todos, no povoado, estão lhe fazendo grandes festas, um o abraça, outro o beija..."

"Calogerino, escute. Amanhã de manhã, assim que o Genuardi abrir o depósito de madeiras, você entra e..."

"... dou um tiro nele."

"Calogerì, você não vai atirar no Genuardi, nem amanhã de manhã nem em qualquer outro dia. Salvo algum imprevisto, naturalmente."

"Don Lollò, este grandecíssimo filho da puta me quebrou a cabeça!"

"Calogerì, Genuardi não tem porra nenhuma a ver com a quebrinha dos seus cornos. A culpa foi do Sasà La Ferlita. Mas já que quer desabafar, uma noite dessas, sem avisar, se encontrar Pippo sozinho, você lhe dá uma surra de arrancar o couro. Dou-lhe permissão pra isso. Combinado? Então, amanhã de manhã você entra sorrindo no depósito de Pippo... Mostra como é que você vai sorrir, Calogerì."

"Está bem assim?"

"Não pode dar um sorriso melhor, não?"

"Se estou pensando no Pippo, melhor que isso eu não posso, Don Lollò."

"'Tá bom, vamos aceitar este. Você se aproxima dele, educadamente, e fala: 'Bom dia, senhor Genuardi. Don Lollò lhe mandou dizer que está contente de ver o senhor em liberdade.' E em seguida lhe entrega estas cartas. Uma é dos herdeiros Zappalà, a outra é de Lopresti, aquele que mora em Nova Iorque, de cujo assunto se ocupou um amigo meu que está nos Estados Unidos. Depois de lhe entregar as cartas, você fala: 'Don Lollò disse que agora ficaram quites.' Dá as costas e vai embora."

"Como, quites, Don Lollò? Se Gernuardi nem conseguiu matar o Sasà?"

"E quem lhe disse que ele tinha que matar? Combinamos que atiraria nas pernas dele. E foi o que ele fez."

E
(*Pippo — Taninè*)

"Que manhã! Que manhã, Taninè! Estou com vontade de dançar de tão feliz!"

"É mesmo, Pippinho, então me conte tudo enquanto come."

"De manhã cedo me entregaram duas cartas... passe-me o sal... Uma veio de New York e a outra era dos herdeiros Zappalà. Me dão a autorização, Taninè! Já posso implantar os postes para a linha telefônica com seu pai!"

"Mas como foi que se convenceram?"

"Sei lá! Talvez porque me botaram em cana estando inocente. E aí ficaram com pena, quem sabe!"

"Escuta, me tira uma curiosidade. Quanto é que custou o advogado Rusotto? Não há dúvida que ele foi muito bom."

"Rusotto? Quer saber de uma coisa? Rusotto não me custou nada. Quando eu lhe perguntei: 'Advogado, quanto lhe devo por seu incômodo?', sabe o que ele me respondeu? 'Eu sou contra a injustiça. Por isso defendo os inocentes de graça."

"É um santo. Pippuzzo, agora temos que pensar como é que temos que pedir a meu pai o dinheiro para a linha telefônica."

"Não preciso do dinheiro de teu pai, Taninè. Hoje de manhã mesmo apresentou-se no depósito o representante da "Fondiaria Seguros". Disse que vão me pagar o prejuízo do quadriciclo dentro de aproximadamente um mês, no máximo."

"Graças a Deus!"

"Taninè, queria lhe dizer que depois de amanhã viajo para Fela. Volto a tocar os meus negócios com toda força, Taninè. Esta manhã também me chegou um telegrama da Firma Sparapiano. Diz que a madeira pedida está a caminho. A roda da fortuna girou, Taninè! Agora o vento está soprando de popa!"

"Escuta, Pippu, posso convidar meu pai para vir jantar conosco esta noite? Ele está sozinho, que sua mulher viajou esta manhã para Fela."

"Taninè, que pergunta! Me dá o maior prazer. Convide. Mas..."

"Mas o quê, Pippù?"

"Não diga a seu pai que eu também estou indo a Fela. É capaz de querer me encarregar de alguma coisa, você sabe como é seu pai, é enrolador, quando uma pessoa diz que tem que viajar para qualquer lugar, ele começa: já que vai lá, faça-me um favor, traga-me isso, faça aquilo outro. E eu tenho pouco tempo, muito pouco tempo."

"Tem razão. Escuta, Pippù, está voltando já, já para o depósito?"

"Não. Tenho mais ou menos duas horas para descansar."

"Então lavo a louça e em seguida estou indo."

"Taninè, vamos fazer o contrário. Primeiro vem comigo e depois lava a louça..."

[...]

"Maria, Maria, Maria sim sim sim sim Maria Maria tô morta...

[...]

"Em tesoura, Taninè!"

"Sim sim sim sim Maria Maria Maria sim sim sim morri..."

[...]

"De cavalinho, Taninè!"

"Estou morrendo Maria Maria Maria Maria sim sim sim…"

[…]

"À socialista, Taninè!"

"Espera que me ajeite. Assim. Maria, ai, está doendo! Dói! Maria, ai que... Sim. Sim. Sim. Simsimsimsimsimsimsim. Estou morta..."

COISAS ESCRITAS E COISAS DITAS

O MINISTRO SECRETÁRIO DE ESTADO
dos Correios e Telégrafos

Considerando a solicitação do Sr. Filippo Genuardi para a concessão de uma linha telefônica de uso privado:

Considerando o depósito caucionário de vinte liras efetuado na Caixa de Depósitos e Empréstimos nº 98

Na data de 20 de junho de 1892 — Tesouraria de Montelusa

Considerando a Lei nº 184, de 1º de abril de 1891, e o Regulamento para a execução da mesma aprovado pelo Real Decreto nº 288, de 25 de abril do mesmo ano,

Decreta

Art. 1 — É dada ao senhor Filippo Genuardi a concessão de uma linha telefônica para uso privado, de largura não superior a três quilômetros, ligando seu depósito com a habitação do Senhor Emanuele Schilirò, seu sogro, em Vigàta, província de Montelusa.

Art. 2 — A concessão é dada pelo prazo de cinco anos a partir da data do presente Decreto e está sujeita à plena observância das normas contidas na Lei e no Regulamento acima referidos.

Art. 3 — A taxa anual de concessão está calculada em vinte liras e ficará registrada no Capítulo 37 do Balanço das entradas do orçamento do presente ano e no correspondente ao dos anos sucessivos.

Art. 4 — A concessão é dada com risco total do concessionário. O Governo não se obriga a qualquer responsabilidade quanto à construção e manutenção da linha e ao bom exercício da concessão: as indenizações para os apoios, as servidões ou por qualquer outro motivo ficam a cargo do concessionário.

O presente Decreto será registrado na Corte das Contas.

Roma, 30 de junho de 1892

Sini
O Ministro

Registrado na Corte das Contas
Aos 4 de julho de 1892
Livro 677 — às Folhas 398

(*G. Cappiello*)

(*Confidencial*)

Ao Senhor
Emanuele Schilirò
Vigàta

Messina, 18 de julho de 1892

Senhor Schilirò,

Espero que esta minha carta lhe chegue sem problemas, apesar de neste momento não ter em mente seu endereço completo. A carta que está começando a ler foi posta no correio em Messina (pode verificar pelo carimbo do correio no envelope), poucos minutos antes da saída da barca que me levará ao continente, onde encontrei emprego em uma cidade que não menciono e que ninguém ficará sabendo, nem mesmo meu irmão.

Não voltarei nunca mais à Sicília, nem dentro de um caixão.

Teria podido escrever-lhe esta como carta anônima, porém ao chegar ao final preferi assiná-la até para que assim possa se convencer de que estou lhe contando a verdade.

Digo-lhe, da saída, que estou agindo assim por vingança, contra o safado do seu genro Pippo Genuardi, que atirou em mim me deixando manco para o resto da vida.

Filippo Genuardi é um traidor da amizade. Por baixo interesse, vendeu-se ao Comendador Longhitano, Don Lollò, o mafioso chefe da "Mão fraterna". Como eu dei uma mancada com o irmão de Don Lollò, este cismou que ia me fazer pagar caro. Fugi de Vigàta e fui para Palermo, mas seu genro, todas as vezes que eu me via obrigado a mudar de casa, corria a fornecer ao Comendador o novo endereço. E eu me sentia como a lebre perseguida pelos cães. Os homens de Don Lollò não conseguiram me pegar e então fizeram com que ele a isto se obrigasse. E ele conseguiu.

É por isso, repito, que esta minha carta quer ser uma vingança. Como vê, sou sincero.

Como o senhor sabe, Pippo e eu éramos muito amigos: trocávamos confidências a respeito de tudo.

Foi assim que, um dia, há dois anos, Pippo me contou, fazendo-me jurar segredo, que tinha fodido com a senhora Lillina, sua mulher. Estavam sozinhos na casa que o senhor tem fora de Vigàta, nem a empregada estava e, sem saber como, encontraram-se nus na cama.

Rindo e brincando, contou-me tudo, em minúcias, com todos os detalhes.

Voltaram a fazer amor duas vezes mais, sempre em sua casa, aproveitando-se dos momentos em que não havia ninguém em casa. E destas duas vezes contou-me tudo, alongando-se nos detalhes, pois, como me disse, começava a conhecer melhor o que a Lillina gostava de fazer na cama.

O senhor é livre de acreditar ou não, mas eu disse a ele que acabasse com esta história, porque a coisa podia tornar-se tão perigosa que acabaria dando a maior confusão.

Ele retrucou que concordava com a periculosidade, mas que não pretendia romper, que nem pensava nisso, ou melhor, me disse textualmente: "Essa mulher entrou no meu sangue."

Como não me falou mais da senhora Lillina, em certo momento pensei que tinha aceitado meu conselho, dando um corte.

Um dia lhe perguntei diretamente: "Terminou com a senhora?" "Não." "E por que não me fala mais nisso?" "Porque nos apaixonamos, virou uma coisa séria. Eu não vivo mais sem a Lillina." "E como fazem para se ver?"

Me explicou que haviam achado um sistema seguro. A senhora Lillina, uma ou duas vezes por mês, dizia ao senhor que queria ir a Fela ver os pais. E Filippo também viajava para Fela, um dia antes ou depois, para a coincidência não dar na vista. Em Fela, com a cumplicidade da irmã de Lillina, conseguiam passar juntos tardes inteiras em uma casa de campo.

Isso é tudo. E o senhor sabe, a meu ver, por que quer a linha telefônica ligada com sua casa? Para poder falar livremente com sua mulher e combinar melhor os encontros.

Para que o senhor acredite totalmente em mim: a senhora Lillina não tem uma mancha de nascença em forma de coração sobre o osso sacro?

Rosario La Ferlita

A
(*Lillina — Taninè*)

"Lillina, assim que você mandou me chamar, deixei tudo mais de lado e vim correndo. Que foi que houve? O que aconteceu? Está com uma cara de meter medo!"

"Ah, Taninè, minha amiga, que noite eu passei! Que pânico!"

"Mas por que tudo isso?"

"Por causa de seu pai! Por causa de meu marido!"

"Ele se sentiu mal? Chamou o médico?"

"Taninè, não se trata de doença. Ontem à noite seu pai voltou para casa na hora do jantar, como sempre. Em lugar de me cumprimentar com um beijo, nem olhou para a minha cara e fechou-se no escritório, trancando a porta a chave. Eu não sabia o que fazer. Depois de uns instantes tomei coragem e, de trás da porta, lhe disse que o jantar estava servido. Não me respondeu. Achando que não tinha me ouvido, voltei a chamar. E sabe que disse meu marido em resposta? 'Não me encha o saco, porra', disse ele."

"Meu pai!?!"

"Sim senhora, ele mesmo.Tanto que em um primeiro momento pensei ter entendido mal."

"E depois?"

"Eu, ofendida, me sentei à mesa, mas não pude comer, estava com o estômago virado. E de repente de dentro do escritório veio uma barulheira tremenda. Seu pai xingava, blasfemava, gritava."

"Meu pai!?!"

"Não só foi isso, não, começaram também uns barulhos, de coisas caindo, coisas se quebrando, papéis sendo rasgados.· Fiquei tremendo de medo, comecei a suar por todo o corpo. Que bicho lhe mordeu?, me perguntava. Depois, se fez silêncio. Em seguida, trac, trac, a chave na fechadura, a porta se abriu o suficiente para aparecer a cabeça de seu pai. Parecia um louco, os cabelos em pé, os olhos esbugalhados. Mandou chamar a empregada. Pedi que ela fosse lá e ele mandou que armasse uma cama no escritório. A essa altura eu me revoltei. 'Por que não quer dormir comigo?', perguntei, com raiva. 'Estou muito nervoso, posso te incomodar.' Eu não preguei olhos a noite inteira, virando de um lado pro outro. De manhã, a empregada me disse que ele tinha saído no horário de costume, às sete e meia, e parecia calmo."

"Lillina, por acaso ele tinha algo contra você?"

"Contra mim? E por quê? Não acho que estivesse furioso por minha causa."

"Lillina, fica tranqüila. Veja, esta manhã ele já saiu de casa para o trabalho como sempre, e a empregada disse que ele estava calmo. Passou. Deve ter sido um contratempo de negócio, alguma coisa que não deu certo.Você sabe como ele é, não? Você se lembra como ficou furioso aquela vez que Pippo queria comprar o quadriciclo? Parecia possuído pelo demônio. E depois, em menos de meio dia, passou tudo. Vai ver que esta noite, quando voltar para casa, pedirá desculpas."

"Você acha, Taninè?"

"Acho, Lillina."

B

(Pulitanò — Pippo — Don Nenè)

"Senhor Genuardi, está tudo pronto! Em vinte dias, tudo feito! Se o senhor está disposto, podemos fazer a prova técnica."

"A esta hora? Eu já estava fechando o depósito..."

"Mas basta um minuto apenas!"

"E, além de tudo, já é noite, talvez estejam jantando na casa, não gostaria de incomodar..."

"Senhor Genuardi, o problema é que eu queria pegar o último trem para Palermo. Marquei um encontro importante amanhã de manhã no escritório."

"Está bom, então vamos fazer o teste."

"Preste atenção. Primeiro, tem que levantar o fone do suporte e levá-lo ao ouvido, enquanto com a outra mão faz girar a manivela. Lembre-se de que é necessário falar em voz um pouco alta, com a boca quase colada no bocal. Estão respondendo, ponha o rosto perto do meu de modo que o senhor possa também escutar. Alô?"

"Alô."

"Senhor Schilirò?"

"Sim."

"Estou testando a linha telefônica, senhor Schilirò. Está me ouvindo bem e claro?"

"Sim."

"Eu também. Escute, senhor Schilirò, precisaria que me

fizesse um favor. Coloque no gancho e volte a ligar para aqui, para o depósito de seu genro. Quero testar a recepção, senhor Genuardi. Pronto, está ouvindo? Está tocando. Alô?"

"Alô."

"Está funcionando muito bem. Quer falar com seu genro, senhor Schilirò?"

"Não."

"Então tudo bem, boa noite. Senhor Genuardi, a partir deste momento a linha telefônica está à sua disposição. Eu lhe agradeço todas as gentilezas..."

"Perito Pulitanò, qu'é isto? Está fugindo? Vamos primeiro fazer uma grande comilança de peixe fresquíssimo. Dá tempo pra pegar o último trem depois."

C

(Caluzzè — Pippo — Lillina)

"Caluzzè, você tem que ir correndo à estação de trem. Chega esta manhã a carga de madeiras da Firma Sparapiano."

"Eu?! Mas se o senhor é que sempre foi à estação!"

"E esta manhã é você quem vai. Veja se vieram todos os carretos que encomendamos. São quinze, devem ser suficientes. Faça com que descarreguem a madeira e mande que tragam aqui para o depósito."

"Será como o senhor quer, don Pippù."

"Ah, escuta, ao sair, feche a porta."

"Como? E se chegar alguém querendo falar com o senhor, vai encontrar a porta do depósito fechada?"

"Caluzzè, eu tenho que fazer uma coisa importante Depois eu volto a abrir a porta."

"Está bem, don Pippù."

[...]

"O que é isso, não funciona? Jesus, porque ninguém responde? Será que esta porra de telefone já está quebrado antes mesmo de começar a funcionar? Ah, finalmente! Alô, Alô! Lillina, é você?"

"Alô."

"Alô! Lillina! Sou eu, Pippo!"

"Ah, é você, meu Pippo?"

"Sou eu, Lillinuzza linda, Lillinuzza adorada!"

"Oh, Virgem Santa! Estou de perna bamba! Meu

Pippuzzo, coração de meu coração, é você mesmo? Ah, como eu estava esperando ansiosa este momento, de poder ouvir sua voz!"

"Ah, que beleza, que maravilha! Que invenção maravilhosa é este telefone! Diga assim: Meu Pippo, eu te amo."

"Meu Pippo, eu te amo."

"O corno saiu há muito tempo?"

"Há quase uma hora."

"E a empregada?"

"Há cerca de meia hora."

"Então esta manhã não temos tempo para nos vermos. Meu amor, instalei o telefone não só para podermos falar quando o corno não está em casa, mas também para combinar melhor com você como nos vermos quase todos os dias."

"Está falando sério? Mas como?"

"Assim, escute. O cornudo sai de casa às sete e meia da manhã, certo?"

"Pode acertar o relógio por ele."

"E você manda a empregada fazer as compras por volta das oito, certo?"

"Sim."

"Bom. Amanhã de manhã, no momento em que a empregada sair de casa para vir ao povoado, você me liga e me diz que o caminho está livre. Eu pego o cavalo e em dez minutos chego, ficamos com pelo menos duas horas só para nós. Assim posso enfim te abraçar, te beijar toda, na boca, no seio, na barriga, no meio das coxas.. "

"Não, não, Pippo, sinto que já estou me derretendo toda. "

"Espera um momento, Lillinè, ouvi um barulho. Vou ver, você espera no aparelho... Quem está aí? Tem alguém aí? Quem é? Ah, é o senhor? Bom-dia. Veja só, que coisa, eu estava procurando o senhor em casa e ao mesmo tempo o senhor estava vindo para cá! Estava precisamente perguntando à senhora Lillina... Meu Deus, que...? Que quer fazer? Não, por favor, não, não..."

"Pippo? Pippo? Virgem Santa, que é que está acontecendo? Que disparo foi este? Pippo, Pippo! Que foi? Que estão fazendo, continuam atirando? Pippo! Pippo!"

D
(*Cabo Licalzi — Tenente Lanza-Scocca*)

"Licalzi, por Deus! Você vai entrando assim, sem bater?"

"Perdoe, senhor tenente. Mas aconteceu uma coisa incrível! Do contrário não me teria permitido..."

"Diga."

"O senhor tinha mandado que eu passasse, todas as vezes que tivesse tempo, por perto do depósito de Genuardi e observasse quem entrava, desculpa, quem entrava e quem saía..."

"E daí?"

"Há cinco minutos atrás eu me encontrava exatamente vizinho do depósito e me deu a impressão de ouvir um golpe seco, um tiro. Cheguei mais perto e desta vez ouvi bem claro, outro tiro. Não tive dúvida, estavam atirando."

"Você entrou?"

"Sim, senhor."

"E o que é que tinha acontecido?"

"O sogro do Genuardi tinha atirado no genro e em seguida tinha se matado, com a mesma arma."

"Santo Deus, que está me dizendo?!"

"Os mortos estão no depósito, senhor tenente. Se o senhor quiser, pode ir lá ver."

"Mas, por que ele fez isso? Rápido, que alguém pode entrar lá enquanto isso e..."

"Fique tranqüilo, não vai entrar ninguém. Eu fechei a porta do depósito e trouxe a chave."

"Vamos, não percamos mais tempo."

"Por favor, me escute, senhor tenente. Tenho certeza de que ninguém ouviu os tiros. Não tem pressa. Podemos fazer as coisas com tranqüilidade."

"Que coisas, cabo?"

"Esta é uma oportunidade de ouro, senhor tenente."

"Não entendi."

"Então vou me explicar."

"O Precursor"
Jornal político diário

Dir. G. Oddo Bonafede 27 de julho de 1892

DUAS PESSOAS DILACERADAS POR UMA BOMBA

Ontem de manhã, aproximadamente às nove horas, os habitantes da Rua Crispi, em Vigàta (Montelusa), ouviram uma forte explosão. O Tenente dos Reais Carabineiros Ilario Lanza-Scocca, que casualmente passava pelos arredores com o cabo Licalzi, prontamente acorreu ao local.

A explosão tinha-se verificado no interior do depósito de madeiras de propriedade do senhor Genuardi, situado no número 22 da referida rua. Ao entrarem no depósito pela porta derrubada pela explosão, o tenente e o cabo se viram diante de um terrível espetáculo. Entre os escombros jaziam os corpos, terrivelmente dilacerados, do Genuardi e de seu sogro, Emanuele Schilirò, de 60 anos, conhecido e estimado comerciante do pequeno povoado.

Quanto às causas da tragédia, não pode existir dúvida nenhuma: trata-se de uma bomba de meia potência, que explodiu acidentalmente quando o próprio Genuardi a confeccionava (junto de seu cadáver foram encontrados tubos de dinamite e pavios, para o preparo de mais bombas).

A pergunta que surge de imediato é a seguinte: estaria o sogro, Emanuele Schilirò, no depósito por acaso ou seria um cúmplice

do Genuardi, que o Comando dos Reais Carabineiros de Vigàta há muito tempo suspeitava ser um perigoso subversivo?
Cabe lembrarmos também que o Genuardi há algum tempo foi envolvido no caso de obscuro atentado em Palermo, que já tinha sido indiciado com duas ordens de captura por atividades subversivas, porém havia sido absolvido de forma estranha.
Os Reais Carabineiros continuam investigando.

"O Precursor"
Jornal político diário

Dir. G. Oddo Bonafede 28 de julho de 1892

NOVOS DETALHES SOBRE A BOMBA DE VIGÀTA

A senhora Lillina Lo Re, esposa em segundas núpcias do senhor Emanuele Schilirò, falecido ontem juntamente com seu genro em conseqüência da explosão acidental de uma bomba no depósito de madeiras de propriedade do Genuardi, em Vigàta, declarou a nosso correspondente, senhor Empedocle Culicchia: "Ontem de manhã, pouco depois das oito e meia, tocou o telefone que exatamente ontem tinha sido instalado entre o depósito do genro de meu esposo e nossa casa. Era o Genuardi, queria ter notícias de meu esposo. Realmente, há uma semana, meu infeliz esposo estava agitado e abalado, não sabemos por quê, como se pressentisse seu trágico fim!" A este ponto a senhora foi obrigada a interromper-se porque fortes soluços a impediam de falar. Recuperando-se com muito esforço, ela continuou: "Eu lhe respondi que meu marido, embora ainda não estivesse se sentindo bem, tinha saído às sete e meia, como sempre, para ir trabalhar. Já ia desligar quando ouvi palavras desconexas e confusas, seguidas por dois disparos que me pareceram tiros. Preocupada, me vesti apressadamente e me encaminhei para Vigàta, pois nossa moradia fica no campo. Em certo ponto encontrei Gaetanina, filha de meu marido e mulher do Genuardi, que vinha saber da saúde de seu pai. Eu lhe contei o que tinha ouvido ao telefone. Resolvemos voltar para casa e tentar ligar de novo para o depósito. Ninguém atendeu. Assustadas, corremos para o povoado, quando chegamos lá a tragédia já tinha acontecido."

O Chefe do Comando dos Reais Carabineiros de Vigàta, Ilario Lanza-Scocca, teve a gentileza de expor a nosso correspondente sua opinião pessoal sobre o acontecido.

"O que a esposa do Schilirò declarou corresponde à verdade. O senhor Schilirò teria, de algum modo, tomado conhecimento das atividades subversivas do genro, e ficara muito abalado com isso. Cidadão exemplar, homem afeito à ordem, o Schilirò deve ter sentido como uma ofensa a si e a sua família o fato de um subversivo, como uma pérfida víbora, ter-se infiltrado em suas paredes domésticas. E começou a vigiá-lo, obrigando Calogero Jacono, seu homem de confiança, mas que prestava serviço como ajudante no depósito do Genuardi, a fazer o mesmo. Ontem de manhã o Jacono, que tinha recebido ordem do Genuardi de afastar-se e fechar a porta do depósito, não obedeceu e deixou a porta aberta, permitindo assim ao coitado do Schilirò entrar sem ser visto. E deste modo ele percebeu, horrorizado, que seu genro estava preparando uma bomba! Dando-se a ver, ameaçou o Genuardi com um revólver, mas o sinistro indivíduo o agrediu. Por legítima defesa o Schilirò teve que atirar, e em seguida, enlouquecido pela vergonha, dirigiu a arma contra si mesmo."

A esse ponto nosso correspondente Empedocle Culicchia perguntou ao brilhante oficial como explicava que a explosão tivesse acontecido aproximadamente dez minutos depois dos tiros.

"O coitado do Schilirò", explicou o tenente Lanza-Scocca", "suicidou-se convencido de ter dado morte instantânea ao Genuardi. Porém ele não estava morto (as víboras custam a morrer!) e tentou desesperadamente esconder a bomba. Caso sobrevivesse ao ferimento, poderia invocar cento e uma razões para o tiroteio, pondo toda a culpa no sogro. Mas, estando gravemente ferido, acabou manejando canhestramente a bomba, fazendo com que explodisse. Isso explica o espaço de tempo entre os tiros e a explosão."

Prosseguem as investigações dos Reais Carabineiros de Vigàta.

COMANDO-GERAL DA ARMA
DOS REAIS CARABINEIROS
O Comandante-Geral para a Sicília

Ao Tenente
Ilario Lanza-Scocca
Comando dos Reais Carabineiros
Vigàta

Palermo, 20 de agosto de 1892

Tenente!

Comunico-lhe que, em virtude da sagacidade, persistência e habilidade demonstradas pelo senhor no caso Genuardi receberá um Elogio Solene, que ficará registrado em seus apontamentos.

A partir de 1º de setembro próximo o senhor está transferido para Palermo, como Primeiro Ajudante, sob as minhas ordens.

O senhor é realmente um excelente oficial.

Carlo Alberto de Saint Pierre
Comandante-Geral

P. S. Estou certo de que lhe agradará saber que o tenente Gesualdo Lanza-Turò, a meu pedido, foi transferido para Roma e vai também receber um Elogio Solene.

MINISTÉRIO DO INTERIOR
DIRETORIA-GERAL DE S.P. — CORREGEDORIA

Ao Senhor Antonio Spinoso
Delegacia de S.P.
Vigàta

Roma, 20 de agosto de 1892

Esta Corregedoria, tendo em vista queixas e reclamações procedentes de diferentes partes a respeito de sua atitude não colaboradora e por vezes até impeditiva das investigações promovidas pelos Reais Carabineiros de Vigàta com relação ao notório subversivo Genuardi, considera incompatível com a boa harmonia que deve sempre reger as relações entre a Benemérita e a Segurança Pública sua permanência por mais tempo em Vigàta.

Portanto, o senhor está transferido, como subdelegado, para Nughedu (Sardenha).

O senhor terá que se apresentar no local que lhe foi destinado até, no máximo, o próximo dia 10 de setembro

Inspetor-Geral Amabile Piro
Corregedor

MINISTÉRIO DO INTERIOR
O Ministro

Ao Grande Ufficiale
Arrigo Monterchi
Superintendente de Polícia de Montelusa

Roma, 20 de agosto de 1892

Senhor Superintendente,

A excessivamente rígida posição de confronto assumida pelo senhor em relação a Sua Exa., o *Prefetto* de Montelusa, por ocasião dos eventos ocorridos com o conhecido subversivo Genuardi, poderia ter sido considerada normal divergência entre as livres convicções de dois Altos Representantes do Estado, se o senhor não tivesse ultrapassado os limites. As ações que o senhor executou para sustentar sua tese (que, entre outras coisas, revelou-se tragicamente infundada), chegaram até a sistemática denegação dos brilhantes Oficiais da Arma dos Carabineiros que estavam apenas empenhados em cumprir seu dever, enganando até o Comandante-Geral da Arma na Sicília e levando-o a tomar providências equivocadas. Não satisfeito com isso, o senhor ofereceu contínua proteção às manobras pouco claras do Delegado de S. P. de Vigàta, seu subalterno.

É com grande pesar que, em acordo com Sua Exa., o Presidente do Conselho dos Ministros, me vejo na obrigação de considerar inoportuna sua permanência por mais tempo em Montelusa.

Dentro de um mês, a partir do recebimento da presente carta, o senhor deverá estar em seu novo destino, que é Nuoro (Sardenha).

Espero que o senhor, tirando proveito do recentíssimo passado, terá ocasião de flexibilizar certos aspectos de seu temperamento que não são propriamente positivos.

O Ministro
(assinatura ilegível)

E

(Delegado — Superintendente de Polícia)

"Mil desculpas, senhor Superintendente, por vir incomodá-lo em sua casa. Viajo hoje à tarde."

"Entre, entre, Spinoso. Como vê, eu também estou de partida. Deixo Montelusa antecipadamente, vou passar alguns dias em Sondalo, com minha única filha que está casada e mora lá. Lá tem ar puro."

"Não sabia que tinha uma filha."

"Então fique sabendo que tenho também um netinho de dois anos que ainda não conheço."

"Virgem Santa, quantos livros! Tem um cômodo cheio deles! Vai deixá-los em Montelusa?"

"Um amigo meu daqui vai se encarregar de enviá-los para Nuoro, um pouco de cada vez."

"Senhor Superintendente, quer saber de uma coisa divertida?"

"Ainda há coisas divertidas neste país?"

"Esta é. Eles não conhecem geografia no Ministério. Não sabem onde fica Nughedu."

"E onde fica?"

"A uns quilômetros de Nuoro. O senhor vai continuar sendo meu superior. E isto é para mim um grande consolo."

"Para mim também. Desculpe, o telefone está tocando. Alô? Sim, sou eu. Não me incomoda. Diga. Ah, é? Que coisa incrível! Obrigado. Irei lá depois, cumprimentar a todos. Até mais. Obrigado."

"Vou indo, senhor Superintendente."

"Delegado, quer saber de uma coisa divertida?"

"Ainda há coisas divertidas neste país?"

"Me ligaram da Superintendência de Polícia. Souberam há pouco que o *Prefetto* Marascianno, que retornou ao serviço, foi transferido para Palermo, com a função de Coordenador das ações de todos os *Prefetti* da ilha. Não é pra rir?"

"Não, senhor Superintendente. Até a vista."

"Qu'é isso? Está me estendendo a mão? Vem cá, Spinoso. Me dá um abraço."

Impresso no Brasil pelo
Sistema Cameron da Divisão Gráfica da
DISTRIBUIDORA RECORD DE SERVIÇOS DE IMPRENSA S.A.
Rua Argentina 171 – Rio de Janeiro, RJ – 20921-380 – Tel.: 585-2000